REBIRTH ACE 리버스 에이스

REBIRTH ACE 리버스 에이스 5

한승현 장편 소설

초판 1쇄 찍은 날 | 2016년 12월 19일
초판 1쇄 펴낸 날 | 2016년 12월 26일

지은이 | 한승현
펴낸이 | 예경원

기획 | 위시북스
편집책임 | 박우진
편집 | 이즈플러스

펴낸곳 | 예원북스
등록번호 | 제396-2012-000132호
등록일자 | 2012. 7. 25
KFN | 제1-055호

주소 | 경기도 고양시 일산동구 호수로 646-24 위너스21 II 빌딩 206A호 (우)10401
전화 | 031-819-9431 팩스 | 031-817-9432
E-mail | yewonbooks@naver.com

ISBN 979-11-5845-306-0 04810
      979-11-5845-486-9 (set)

REBIRTH ACE
리버스 에이스

WISHBOOKS MODERN FANTASY STORY

한승현 장편소설

5

슈퍼 루키

Wish Books

CONTENTS

25장
일이 점점 커지네

1

　박찬영의 깔끔한 업무 처리 능력에 만족한 한정훈은 그와 에이전시 계약을 체결했다.

　베이스 볼 61의 실질적인 수장이며 여러 차례 국내 선수들의 해외 진출을 성공시켰다는 이력을 떠나서 사람이 진솔하고 성실했다.

　어지간해서는 남을 칭찬하지 않는 아버지조차 박찬영은 믿을 수 있는 사람이라고 호의를 보일 정도였다.

　"계약 기간은 일단 2년으로 하고 1년씩 상호 동의하에 연장하는 방식이 좋을 것 같습니다."

박찬영은 합리적인 계약으로 한정훈의 신뢰에 답했다.

다른 에이전트라면 한정훈의 해외 진출 시점까지 계약을 늘리려 했겠지만 박찬영은 욕심을 부리지 않았다.

고객인 한정훈을 만족시키면 계약 기간은 자연스럽게 연장이 될 것이다. 그리고 박찬영과 베이스 볼 61은 한정훈을 만족시킬 만한 경험과 능력을 갖추고 있었다.

한정훈도 그런 박찬영의 자신감 넘치는 운영 철학이 좋았다. 그래서 이번 신인 계약금에서도 에이전트 비용을 지불하려 했다.

그러자 박찬영이 단호하게 고개를 저었다.

"한정훈 선수가 저와 저희 회사를 믿고 함께해 준 것만으로도 에이전트 비용은 넘치게 받았습니다. 그러니 지금처럼 앞으로도 꾸준히 좋은 모습을 보여주십시오. 그것이면 더 바랄 게 없습니다."

박찬영은 선수로서 한정훈의 가치가 30억에서 끝날 것이라고 생각하지 않았다. 30억은 프로에 막 발을 들이려는 아마추어 선수 한정훈의 적정 몸값이었다.

일반적인 기대대로 한정훈이 프로에 잘 적응해 준다면 해외 진출 시점 때는 지금보다 몸값이 최소 몇 배는 더 높아질 게 뻔했다.

어디 그뿐인가? 한정훈이 이른 나이에 해외에 진출할 경우, FA 대박도 가능했다.

세계 무대를 바라보는 한정훈만큼이나 박찬영도 꿈을 키웠다.

한정훈의 선수 가치가 높아져 수억 달러 규모의 FA 계약이 체결된다면?

더 나아가 메이저리그 FA 최고액을 갱신하기라도 한다면?

그리고 그 계약을 성사시키는 게 자신이 된다면?

'그렇게만 된다면…… 평생 에이전트 비용을 받지 않아도 상관없어.'

한정훈을 바라보는 박찬영의 입가에 절로 웃음꽃이 번졌다. 베이스 볼 61의 운영에 참가하면서 꿈꾸었던 원대한 계획을 한정훈을 통해 이룰 수 있게 됐는데 더 이상 바랄 게 없었다.

하지만 정작 한정훈은 박찬영처럼 실력 좋은 에이전트를 공짜로 부려먹는다는 게 마음이 편치 않았다.

한정훈은 잘나간다는 이유로 주변 사람들을 함부로 부려먹다가 말년에 온갖 소송으로 고생하는 선수들을 여럿 봐 왔다.

그때마다 저런 꼴은 당하지 않아서 참 다행이다 여겼다.

그런데 과거로 돌아와 실력이 좀 나아졌다고 이런 호의를 당연하게 누리는 건 아닌 것 같았다.

물론 박찬영이 딴 마음을 품고 자신에게 잘 대해주는 건 아닐 터였다. 그런 사람이었다면 애당초 에이전시 계약을 맺지도 않았을 것이다.

처음부터 호의로 도움을 준 만큼 대가를 받지 않는다는 박찬영의 입장도 충분히 이해는 갔다.

하지만 에이전트 비용이 없는 것도 아니고 계약금을 차고 넘치게 받았는데 아끼는 것도 모양새가 좋지 않았다.

그렇다고 싫다는데 억지로 에이전트 비용을 쥐여 주기도 쉽지 않은 노릇.

'아……! 그렇게 하면 되겠다.'

한참을 고심하던 한정훈이 이내 묘안을 떠올렸다.

"그럼…… 이참에 저도 후원할게요."

"네?"

"찬오 형이 하시는 거 있잖아요. 그 유소년……."

"아, 유소년 야구 지원 기금이요?"

"네, 거기에 저도 보태고 싶어요."

유소년 야구 지원 기금은 베이스 볼 61이 중점적으로 추진하는 후원 사업 중 하나였다.

한정훈이 유소년 야구 지원 기금에 금전적인 도움을 준다면 결과적으로 박찬영을 돕는 셈이 된다.

어차피 박찬영에게 에이전시 비용을 지불하더라도 그 돈

의 일부, 혹은 상당수가 후원 사업비로 책정될 테니 말이다.

한정훈은 이렇게라도 해서 마음이 좀 편해지고 싶었다.

그러나 한정훈의 속내를 오해한 박찬영은 그 마음 씀씀이에 감탄하고 말았다.

'어린 선수가 이렇게 속이 깊다니. 역시 형님의 안목이 옳았어. 암! 이런 선수야말로 진짜배기지.'

박찬영은 한정훈의 뜻을 고맙게 받아들였다.

그리고 즉흥적으로 한정훈의 이름으로 특별 야구 장학금을 지원하자는 계획을 내놓았다.

"한정훈 특별 장학금이요?"

한정훈이 어색하게 웃었다.

자신의 후원금을 허투루 쓰지 않겠다는 취지는 참 고마운데…… 뭔가 일이 커진 것 같은 느낌이 들었다.

'이렇게 되면 적당히 내기도 어렵잖아.'

대개 나이가 어린 야구 선수들은 금전적인 부분에 대한 개념과 관심이 크지 않았다.

프로에 들어온 신인 선수들에게 계약금을 받아서 어디에 썼느냐고 물으면 열 중 아홉은 부모님께 드렸다고 답할 정도였다.

하지만 한정훈은 달랐다. 아직 계약금이 입금되지도 않았지만 어디에 어떻게 쓸지는 대충 구상을 마친 상태였다.

당장 급한 건 구단 근처로 이사하는 것이다.

구단에서는 기숙사에서 지내도 된다고 했지만 한두 푼도 아니고 30억이나 되는 계약금을 받은 선수가 경제적으로 어려운 선수들이 지내는 기숙사에서 먹고 자는 건 예의는 아니었다.

교통이 편리하며 적당히 여유롭고 언제든지 내놓아도 잘 팔릴 만한 집. 그런 집을 구하고 나면 그다음에는 자동차를 살 생각이었다.

아직 면허를 따려면 1년이나 남았지만 잘 나가는 자동차를 뽑을 돈을 미리 빼놓아서 취미였던 드라이브를 실컷 즐길 생각이었다.

그다음으로 결혼 자금, 노후를 대비한 적금, 부모님께 드릴 용돈, 프로 시절 동안 지출할 생활비 등을 계산했을 때 수중에 남는 여윳돈은 그렇게 많지는 않았다.

그래서 에이전시 비용 정도로만 후원을 할 생각이었다.

그런데 박찬영이 일을 키워 버렸으니 그 정도로는 어림도 없을 것 같았다.

"후원 금액은 어느 정도나 생각하십니까? 좋은 일을 하시는 만큼 저도 최대한 보태겠습니다."

박찬영이 씩 웃으며 말했다.

설사 한정훈이 예상보다 작은 소액을 이야기한다 하더라

도 기쁘게 받을 생각이었다.

물론 외부에는 사비를 보태서라도 적당한 금액으로 알릴 계획을 가지고 있었다.

가십거리만 좇는 언론들이 한정훈의 마음 씀씀이는 보지 못하고 후원 금액이 적다고 입방아를 찧지 못하도록 하기 위해서였다.

그러나 사비를 보태겠다는 박찬영의 말은 또 다른 오해를 사고 말았다.

'아, 진짜. 저한테 왜 이러세요.'

한정훈은 순간 박찬영이 얄미워졌다. 사비를 보태겠다는데 기천만 원 수준으로는 모양새조차 나오지 않을 것 같았다.

"그럼 한…… 삼억 정도면 어떨까요."

한정훈이 한참 만에 입을 열었다.

3억.

30억의 10퍼센트.

관례상 에이전시 비용으로 지불해야 할 금액이 1억 5천만 원이니 눈 딱 감고 그 두 배를 부른 것이다.

그러자 이번에는 박찬영이 난처해졌다.

'사, 삼억이라니! 그럼 난 얼마를 보태야 하는 거야?'

한정훈에게 부담을 주지 않기 위해서 호기롭게 말을 꺼내긴 했지만 최대 기대치는 5천만 원 정도였다.

그래서 거기에 5천만 원을 보태 1억 수준으로 후원금을 맞출 계산을 끝내놓았다.

그런데 3억이라니. 갑자기 입가가 바싹 마르는 느낌이었다.

하지만 이제 와서 소심한 모습을 보일 수는 없었다. 그것도 명색이 에이전시 대표라는 사람이 말이다.

'3억…… 을 보냈다간 집에서 쫓겨날 거 같고……. 그래도 5억은 만들어야 모양새가 좋겠지? 젠장. 지난번에 몰래 넣었던 주식을 빼야 하나.'

머릿속이 복잡해질수록 박찬영의 입가에는 쓴웃음만 감돌았다.

그렇게 번갯불에 콩 구워먹듯이 5억 원에 달하는 한정훈 장학금이 만들어졌다.

2

"이렇게 된 거 확실히 뽕을 뽑아야지."

졸지에 2억이라는 재산을 기부하게 된 박찬영은 홍보팀을 총동원했다.

한정훈이 소액만 후원했다면 정확한 금액은 숨긴 채 친분 있는 기자들에게만 조용히 흘릴 생각이었다.

하지만 금액이 5억이나 되는 만큼 반대로 대대적으로 알릴 필요가 있었다.

그렇지 않아도 30억에 달하는 어마어마한 계약 규모가 알려지면서 말들이 많았다.

그만큼 받아도 충분하다는 의견이 더 많았지만 지나치게 많다는 의견과 상대적으로 박탈감을 받는다는 의견도 적지 않았다.

일부 네티즌들은 한정훈의 기사글마다 찾아와 기부는 안 할 거냐는 댓글로 비꼬기까지 했다.

한정훈과 정식적으로 에이전시 계약을 체결한 이상 고객에게 좋지 않은 여론은 재빨리 잠재울 필요가 있었다.

그래서 박찬영은 별도로 언론 대응팀을 만들 계획까지 세워 놓고 있었다.

하지만 한정훈이 기대 이상의 화끈하게 후원을 결정하면서 부정적인 여론을 한 방에 잠재울 수 있는 확실한 무기가 생겼다.

그리고 그 무기의 효과는 강력했다.

[최고의 신인 한정훈! 통 큰 기부 화제!]

[유소년 선수들을 위해 써 달라며 5억을 쾌척!]

[실력도 최고! 인성도 최고! 대한민국의 보배 한정훈!]

한정훈의 후원 사실을 전해 들은 언론사들이 앞다투어 기사를 쏟아냈다.

자연스럽게 어린 게 시장 질서를 어지럽히면서까지 돈을 밝혔다며 욕을 들어먹었던 한정훈의 이미지가 금세 뒤집어졌다.

성인도 아니고 고등학교 2학년에 불과한 한정훈의 5억대 기부가 기대 이상의 반향을 불러일으킨 것이다.

덩달아 한정훈과 한솥밥을 먹게 된 베이스 볼 61과 스톰즈 구단의 이미지도 수직 상승했다.

야구 영웅 박찬오가 만든 베이스 볼 61은 본래부터 대중들에게 평이 좋았다. 메이저리그 선수 시절부터 유소년 야구를 후원해 온 박찬오의 영향으로 알게 모르게 좋은 일을 많이 한다는 이미지도 가지고 있었다.

다만 그 사실을 군이 외부에 알리지 않았기 때문에 실제로 정확하게 아는 사람들이 많지 않았다. 그러던 게 한정훈의 기부를 전하는 과정에서 그간 행해왔던 좋은 일들이 덩달아 알려지면서 대중들의 관심이 쏟아졌다.

실제로 적잖은 후원자들이 베이스 볼 61에 전화를 걸어 왔다. 사회인 야구를 하고 있다는 직장인부터 리틀 야구단에 아이를 보낸다는 학부형까지 좋은 일에 힘을 보태고 싶다는 전화가 끊이질 않았다.

베이스 볼 61과 함께 하면 한정훈처럼 좋은 선수가 될 수 있느냐는 문의 전화도 잇달았다.

에이전시가 없던 몇몇 대학교 선수와 프로 선수도 먼저 계약을 문의할 정도였다.

물론 그 와중에도 제 잇속만 챙기려는 얌체 같은 이들이 없지 않았다. 존재하지도 않은 장애인 단체를 들먹이며 장애인들을 위한 야구장 건립에 투자하라는 이들도 있었고 사회인 야구 활성화가 필요하다며 야구장 개보수 비를 지원해 달라는 이들도 있었다.

그러나 개인 사업자도 아니고 상당한 규모와 시스템을 자랑하는 베이스 볼 61에서 철저한 조사도 하지 않고 아무렇게나 사업비를 지원할 리 없었다.

"자, 자. 좋게 생각합시다. 우리가 언제 이만큼 주목받은 적이 있던가요? 대신 이번 일을 잘 마무리 지으면 책임지고 포상 휴가 쏘겠습니다. 그러니 조금만 더 버텨주세요!"

지친 직원들을 독려하면서 박찬영은 한정훈과 계약한 것을 감사하고 또 감사했다.

한정훈과 함께 시장 질서 파괴의 주범으로 꼽히던 스톰즈 구단도 베이스 볼 61만큼이나 확실한 반사 이익을 누렸다.

특히나 박현수 팀장과 직원들이 한정훈 영입 성공 포상금 전액을 발 빠르게 후원한 게 주효했다.

[한정훈 선수의 후원 소식을 들은 스톰즈 구단 관계자들도 1억여 원 후원 동참!]

[1억 쾌척한 스톰즈 구단. 선수가 하는 좋은 일에 함께하게 되어 기쁘게 생각한다고 밝혀!]

[그 선수에 그 구단! 스톰즈 구단도 유소년 선수 돕기에 1억 후원 결정!]

해당 기사를 접한 정한그룹 직원들도 자발적으로 후원에 참여하겠다는 뜻을 보였다.

거기에 최정한 회장까지 사재를 털겠다고 나서며 그 규모가 눈덩이처럼 불어났다.

며칠 사이에 모인 금액만 10억여 원.

그리고 추가적으로 후원하겠다는 금액까지 더하면 최소 100억여 원.

후원금이야 많으면 많을수록 좋다던 베이스 볼 61조차 넙죽 받기 부담스러운 액수가 되어버렸다.

"이럴 게 아니라 차라리 스톰즈 구단 차원에서 후원 재단을 만드는 게 어떻겠습니까?"

"그렇다면 베이스 볼 61에서 도와주십시오."

모처에서 모인 양사의 담당자들은 별도의 후원 재단의 설립에 합의했다.

베이스 볼 61에서 모든 후원금을 관리하기보다 정한그룹과 스톰즈 구단이 사회 환원 차원에서 재단 운영에 참여하는 게 더 나을 것이라는 판단에서였다.

"그렇지 않아도 야구계에 어떻게 보답할지 고민했는데 잘 됐군."

보고를 받은 최정한 회장도 흔쾌히 고개를 끄덕거렸다. 그리고 그 소식이 언론을 통해 발 빠르게 보도됐다.

[스톰즈 구단과 정한그룹. 유소년 야구 후원 재단 만들기로 결정!]

[한정훈으로부터 시작된 후원의 손길이 대기업에까지 이어져!]

국내 굴지의 대기업이 유소년 야구를 지원하겠다고 나서자 야구계도 환영의 뜻을 표했다.

특히나 원로 야구인들은 KBO 총재도, KBA 회장도 하지 못한 일을 어린 한정훈이 해냈다며 극찬을 아끼지 않았다.

각 구단의 선수들도 SNS를 통해 한정훈의 칭찬 릴레이를 이어갔다.

이 정도면 한정훈 열풍이었다. 아직 프로 데뷔전조차 치르지 못한 한정훈이 어느새 한국 야구의 중심인물이 되어버린 것이다.

"여~! 야구 천사 한정훈이~"

서재훈이 대견한 얼굴로 한정훈을 바라봤다.

야구 선수는 일단 야구를 잘해야 하지만 정말 야구를 잘하게 되면 그다음부터는 이미지 관리도 중요했다. 그런 점에서 한정훈은 정말이지 제 알아서 잘 커 주고 있었다.

하지만 정작 한정훈은 야구 외적인 관심이 부담스럽기만 했다.

"형까지 왜 그래요. 그리고 야구 천사는 또 뭐예요?"

"몰라? 네 별명이잖아. 야구 후원 천사에서 줄여서 야구 천사."

"헐……. 차라리 일본 애들이 붙여준 코리안 쇼크 할래요."

"언제는 유치하다고 싫다면서?"

"야구 천사가 더 이상하거든요?"

한정훈이 퉁명스럽게 대답했다. 세계 청소년 야구 선수권 대회에서 MVP를 차지할 때도 이 정도로 주목받지는 못했다.

기껏해야 야구 관련 기사란에 메인을 장식한 정도였다.

그런데 후원 한 번 잘못 했다가 포털 사이트 1면까지 진출해 버렸다. 덕분에 야구를 잘할 때보다 더 많은 사람이 알아봐 주었다.

"그래서 유명해진 게 싫어?"

서재훈이 한정훈의 옆자리에 앉으며 말했다. 솔직히 야구 선수들치고 유명세를 싫어하는 이들은 극히 드물었다.

한정훈도 마찬가지였다. 유명세는 좋았다. 단, 원치 않는 이미지가 덧씌워지는 건 싫었다.

"싫진 않죠. 하지만 이런 식은 싫어요. 이러다 사생활도 없어질 것 같고요."

모든 야구 선수가 적당히 좋은 이미지를 선호했다.

하지만 그렇다고 해서 지나치게 깨끗하고 맑은 이미지를 바라는 건 아니었다.

그러자 서재훈이 한정훈의 옆구리를 쿡 하고 찔렀다.

"아직 민증도 안 나온 게 사생활은 무슨."

아직 고등학교 2학년인 한정훈은 당분간 사생활을 잘 관리할 필요가 있었다.

지금 잘나간다고 방탕하게 굴다간 언제 내리막길로 굴러 떨어질지 몰랐다.

"사생활도 사생활이지만 경기 할 때도 신경 쓰일 거 같아요."

한정훈이 불만스럽게 입술을 삐죽거렸다.

단순히 투구 내용만 놓고 봤을 때 한정훈은 제구도 좋지만 강력한 포심 패스트볼을 앞세운 구위형 투수였다.

하지만 그렇다고 해서 무작정 힘으로만 찍어 누르진 않았다. 때로는 기교로, 때로는 약은 수로 상대를 괴롭히는 유형의 피칭도 즐겨 했다.

야구를 좀 본다는 이들에게 한정훈은 그야말로 물건이었다.

10대의 열정과 20대의 하드웨어, 그리고 30대의 경험까지 갖춰진 완성형의 투수 같았다.

하지만 야구에 대해 잘 모르는 일반 대중들의 시선은 다를 수밖에 없었다.

"하긴, 야구 천사가 되어서 선수들에게 빈볼성 공을 던질 수는 없겠지."

서재훈도 공감하듯 고개를 끄덕거렸다. 확실히 이미지가 경기에 영향을 미치는 건 곤란한 일이었다.

"뿐이겠어요? 견제구를 두 개 이상만 던져도 너무한다는 소리 들을걸요."

"우리나라 사람들은 유독 정정당당을 따지니까."

"그러면서도 야구를 잘하길 바라잖아요. 지는 꼴 못 보고."

한정훈의 푸념이 길어졌다. 너무 깨끗한 물에서는 물고기가 살 수 없는 법인데 여론이 너무 극단적으로 치닫고 있었다.

"그렇게 불만이면 인터뷰라도 하지그래?"

서재훈이 대안을 내놓았다. 언론의 지나친 이미지 메이킹을 깨뜨리는 방법은 언론을 이용하는 것뿐이었다.

그러나 한정훈은 이미 늦었다는 표정을 지었다.

"지금은 전부 후원 천사 이미지로만 인터뷰하려고 해요."

"참 웃기네. 얼마 전까진 계약 문제로 너 잡아먹으려고 했었잖아?"

"제 말이 그 말이에요."

한정훈에 대한 여론이 달라지면서 언론들도 여론에 편승한 인터뷰를 원했다.

그 자리에서 한정훈이 지나친 칭찬 일색의 언론에 부담을 느낀다고 토로한들 그게 제대로 기사로 나갈 리 없었다.

그렇다고 이대로 계속 입 다물고 있을 수도 없는 상황이었다. 일각에서는 한정훈이 제2의 억대 후원을 한다는 말까지 나돌고 있었다.

"안 되겠다. 형이 힘 좀 써야지."

사태의 심각성을 인지한 서재훈이 자리에서 벌떡 일어났다. 그리고 어딘가로 전화를 걸었다.

이때까지만 해도 한정훈은 서재훈이 어떤 일을 벌이려는지 짐작조차 하지 못했다.

아니, 서재훈도 자신이 시작한 일이 이렇게까지 커질 줄은 미처 몰랐다.

3

서재훈의 전화를 받은 건 JBS의 스포츠 간판 아나운서 정우현이었다.

정우현이 진행하는 스포츠 룸이라면 인간 한정훈을 제대로 보여줄 수 있을 것이라 여겼다.

하지만 야구 선수 한정훈이 아니라 야구 외적으로 더 이슈가 되고 있는 한정훈을 스포츠 룸에서 다루는 것도 쉽지 않았다.

-잠깐만 기다려 봐요, 형. 내가 좀 더 일을 키워 볼게요.

정우현은 한정훈 단독 인터뷰 사실을 상부에 보고했다.

그러자 상부에서는 스포츠 룸이 아니라 메인 뉴스 타임에서 진행하는 금요 명사 초대석에서 인터뷰를 진행해 보라고 권했다.

아쉽긴 했지만 정우현도 상부의 판단을 받아들였다.

스포츠 룸보다는 금요 명사 초대석이 지금의 한정훈에게는 더 잘 어울릴 것이라고 생각했다.

"뭐? 금요 명사 초대석?"

JBS로부터 뜻밖의 섭외 전화를 받은 박찬영은 머릿속이 복잡해졌다.

금요 명사 초대석은 말 그대로 사회 각층의 유명 인사들과 대담을 나누는 자리였다. 그런데 고등학교 2학년인 한정훈을 출연시키겠다니. 대체 무슨 속셈인지 짐작조차 가지 않았다.

하지만 해당 프로그램을 즐겨 본다는 몇몇 직원은 긍정적인 반응을 보였다.

"나쁘지 않은 거 같아요."

"나쁘지가 않다고?"

"네. 그 프로그램, JBS 메인 앵커가 진행하잖아요. 점잖으신 분이라 한정훈 선수에게 피해가 가는 질문 같은 건 하지 않으실 거예요."

"흐음……."

"그리고 그 자리는 게스트들의 이야기를 듣는 자리거든요. 그러니까 한정훈 선수도 하고 싶었던 말을 속 시원하게 할 수 있지 않을까요?"

박찬영은 홈페이지를 통해 금요 명사 초대석을 모니터링했다.

다행히도 직원들의 말처럼 게스트들을 당혹스럽게 하는 질문은 없었다. 오히려 게스트들이 나서서 그동안 꼬리표처럼 달고 다니던 부정적인 이미지나 소문들을 자발적으로 털어내는 경우가 많았다.

"흠……."

박찬영도 일단은 한시름 놓았다. 하지만 한정훈을 출연시켜도 될지에 대해서는 아직 확신이 서질 않았다.

다른 걸 떠나 한정훈은 아직 고등학교 2학년이고 미성년자였다.

수준 높은 대담이 오가는 자리에서 제대로 대답이나 할 수 있을지 걱정이었다. 생각이 어른스럽다곤 하지만 그렇다고 어른이 될 수 있는 건 아니었다.

"그래도 한정훈 선수의 의사가 중요하니까."

박찬영은 고심 끝에 한정훈에게 결정권을 넘겼다.

"금요 명사 초대석이요? 농담이시죠?"

한정훈도 처음에는 당혹스러움을 감추지 못했다.

이제 막 프로에 발을 들이려는 선수가 금요 명사 초대석이라니.

다른 걸 떠나 명사라는 단어부터가 목에 턱 하고 걸렸다. 하지만 시간이 지나자 어쩌면 기회일지도 모른다는 생각이 들었다. 박찬영과 함께 모니터링도 해봤는데 그렇게까지 어려운 자리도 아닌 것 같았다.

'그래, 이쯤 되면 모 아니면 도니까.'

한정훈은 이내 출연을 결정했다. 지금보다 더 큰 유명세를 치르고 싶어서가 아니었다.

야구 선수는 야구를 통해 봐 달라는. 요 며칠 가슴을 짓눌렀던 그 한마디가 하고 싶어서였다.

"알겠습니다. 그럼 준비하겠습니다."

박찬영도 한정훈의 뜻을 선선히 받아들였다. 그렇게 한정훈 인생 최초의 TV 출연이 이루어졌다.

"오늘은 장안의 화제가 된 선수죠. 30억의 사나이에서 5억 대 후원을 통해 야구 천사로 거듭난 한정훈 선수를 모시고 이야기 나눠 보도록 하겠습니다."

금요 명사 초대석의 메인 앵커 손명인이 담담한 목소리로 막을 열었다.

"안녕하세요. 한정훈입니다."

카메라가 돌아가자 한정훈이 냉큼 고개를 숙였다.

미리 준비했던 인사말이 따로 있었지만 생방송이다 보니 쉽게 입이 떨어지지 않았다. 그런 한정훈을 달래듯 손명인이 차분하게 대화를 이끌었다.

"일단 한정훈 선수에 대해서 모르시는 분들을 위해 간단하게 소개를 해볼까 하는데 괜찮으신가요?"

"예? 아, 네. 괜찮습니다."

"한정훈 선수는 현재 동명고등학교 2학년 투수입니다. 어리죠. 그래서 이 자리가 낯선 점, 시청자 여러분들께서 너그럽게 이해해 주시기 바랍니다."

손명인은 한정훈의 짧지만 강렬한 야구 약력을 먼저 읊었다.

봉황기 최우수 투수상. 투수 부문 비공인 트리플 크라운.

한일 고교야구 대항전 MVP 및 최우수 투수상.

투수 부문 비공인 트리플 크라운.

세계 청소년 야구 선수권 대회 MVP 및 최우수 투수상.

최고 승률상.

투수 비공인 부분 트리플 크라운.

야구에 대한 이야기가 이어지자 딱딱하게 굳어졌던 한정훈의 얼굴이 펴졌다.

그 모습을 지켜보던 손명인이 슬며시 미소를 머금었다. 한정훈이 어떤 이야기를 하고 싶어 하는지 느낀 것이다.

처음 한정훈을 출연시키라는 권유가 내려왔을 때 손명인은 기대보다 우려가 컸다.

한정훈이라는 어린 선수가 더 큰 인기를 끌고 싶어서 방송 출연까지 하려는 건 아닌가 염려가 된 것이다.

하지만 직접 만나 본 한정훈은 그 반대였다.

야구에는 열정적이지만 그 외적으로는 아직 어수룩한. 요새 흔히 말하는 미생이었다.

그래서 손명인은 야구인 한정훈을 시청자들에게 제대로 알리고 싶은 욕심이 생겼다.

"1년도 채 되지 않은 시간 동안 엄청난 성적을 거뒀는데요. 소감이 어떤가요?"

"솔직히 아직도 얼떨떨합니다. 집에 트로피가 있긴 한데 제가 탄 게 맞나 싶기도 하고요."

"그런데 어깨는 괜찮으세요? 일각에서는 한정훈 선수가 올 한해 너무 혹사당한 건 아닐까 걱정하기도 하던데요."

"네, 어깨 상태는 좋습니다. 대표팀에서도 잘 관리를 받았고 강혁 감독님께서 많이 신경 써 주고 계십니다."

"강혁 감독 이야기가 나왔는데요. 프로 야구에서도 오래 활약하셨고 투수 전문 지도자로도 명성이 높으신 분이죠. 지금은 동명고등학교 감독이시죠?"

"네, 강혁 감독님 덕분에 저도 지금처럼 좋은 공을 던질 수가 있었습니다."

"흥미롭네요. 그 이야기를 조금 더 자세히 해주시겠습니까?"

손명인은 자연스럽게 한정훈의 야구사를 끄집어냈다.

강혁에게 투구 폼을 교정 받은 이야기, 서재훈과 함께 재활 훈련을 하면서 체인지업과 너클 커브를 전수 받은 이야기, 감독 박찬오와 한일 고교야구 대항전과 세계 청소년 야구 선수권 대회에 참가한 이야기, 그리고 주요 경기 승부처에서의 이야기까지.

한정훈은 원 없이 자신이 하고 싶었던 이야기들을 털어놓았다.

덕분에 20분으로 예상됐던 시간이 30분을 훌쩍 넘겼다.

하지만 누구 하나 한정훈의 말을 제지하지 않았다.

손명인은 물론이고 제작진들마저 반짝반짝 빛나는 눈동자로 신나서 떠들어대는 한정훈의 모습에 빠져든 것이다.

"재미있는 말씀 잘 들었습니다. 그럼 끝으로 요새 화제가 되고 있는 후원 이야기를 해볼까 합니다."

노련한 손명인이 화제를 바꿨다. 한정훈이 야구 이야기만 하려고 이 자리에 나온 건 아닐 것이라고 판단한 것이다.

"저도 그 부분에 대해 몇 가지 말씀드리고 싶은 게 있습니다."

한정훈이 이내 담담하게 입을 열었다.

처음부터 후원 문제를 다뤘다면 아마 기가 죽어 제대로 말도 하지 못했겠지만 야구에 대한 이야기를 실컷 해서일까. 온몸을 억누르던 중압감에서 어느 정도 벗어난 기분이었다.

"실제로 제가 후원한 건 5억이 아니라 3억입니다. 2억은 베이스 볼 61의 대표이신 박찬영 대표님이 보태 주셨습니다."

"그렇군요. 그래도 억대 규모라는 사실에는 변함이 없는데요."

"하지만 금액이 다르니까요. 무엇보다 박찬영 대표님 덕분에 생각하게 된 후원인데 저만 주목받는 것 같아 미안한 마음이 큽니다."

"박찬영 대표 덕분에 생각하게 된 후원이라는 게 정확하게 무슨 의미인가요?"

"실은······."

한정훈은 어떻게 해서 후원을 결정하게 됐는지 솔직하게 밝혔다.

호의적인 여론을 의식했다면 결코 쉽지 않았을 결정이겠지만 한정훈의 표정은 담담했다. 그만큼 언론에서 만들어준 거짓된 이미지로 살고 싶지 않았다.

그런 한정훈을 바라보는 손명인의 표정은 적잖은 감탄에 젖어 있었다. 다른 이들은 작은 선행도 크게 부풀리려 안달인데 한정훈은 좋은 일을 해놓고도 과한 칭찬을 경계하고 있었다.

고등학교 2학년이라면 한창 공명심을 좇을 시기인데 말이다.

"한정훈 선수의 솔직한 이야기 잘 들었습니다. 하지만 저는 그래도 한정훈 선수가 좋은 일을 했고 칭찬받아 마땅하다고 생각합니다. 알려진 것과 달리 후원 금액의 차이가 있고 그 과정이 자발적인 후원과는 다소 거리가 있었다 하더라도 아마 오늘 금요 명사 초대석을 보신 지성인 분들이라면 누구나 같은 생각을 가질 것이라 확신합니다."

한정훈의 양심 고백이 끝나자 손명인이 냉큼 나서서 이야기를 정리했다.

한정훈이 후원조차 하지 않고 언론 플레이를 했다면 문제 겠지만 언론을 통해 이야기가 부풀려지면서 본의 아니게 후원 사실이 과장되었다면 그 정도는 충분히 참작이 가능하다고 판단했다.

"처음에는 다소 걱정이 많았습니다만 오늘 한정훈 선수를 이 자리에 초대한 건 정말 잘했다는 생각이 듭니다. 끝으로 시청자 여러분께 하실 말씀이 있으면 하셔도 좋습니다."

예정 시간을 한참 넘긴 상황이었지만 손명인은 한정훈에게 다시 한 번 마이크를 넘겼다.

그러자 잠시 숨을 고르던 한정훈이 카메라를 바라보며 입을 열었다.

"선행은 남모르게 하는 것이라고 배웠는데 이렇게 유난을 떨어서 죄송한 마음이 큽니다. 좋은 일은 앞으로도 기회와 여건이 된다면 열심히 해볼 생각입니다. 다만 저를 야구 천사 한정훈이 아니라 야구 선수 한정훈으로 봐 주셨으면 좋겠습니다. 저는 마운드 위에서 공을 던지는 투수니까요."

말을 마친 한정훈이 가볍게 고개를 숙였다.

그리고 잠시 후, 손명인을 비롯해 스텝들의 박수 소리가 울려 퍼졌다.

5

"……한정훈 선수. 정말 존경스러워요."

최일식과 함께 금요 명사 초대석을 지켜보던 한예리가 한참 만에 입을 열었다.

항상 드는 생각이지만 어린 나이에도 어쩜 저렇게 어른스러운지 또 다른 어른의 한 사람으로서 부끄러울 지경이었다.

그러자 최일식이 주섬주섬 짐을 챙기며 말했다.

"존경만 하고 있을 시간 없어. 우리가 선수 치지 않으면 협회 나팔수들이 또 제멋대로 기사를 써 댈 거야."

"에에? 이걸 보고도요?"

"금요 명사 초대석 시청률이 얼마라고 생각하는 거야? 손명인 저 양반이 대단하긴 하지만 그래 봐야 7퍼센트 수준이야. 단순 계산해도 국민들 중 93퍼센트는 한정훈의 진심을 듣지 못했다고."

"아……!"

"그러니까 서둘러. 아마 베이스 볼 61과 스톰즈 구단에서도 지원 사격 하겠지만 그쪽은 아무래도 대응이 좀 늦을 테니까 우리가 먼저 길을 열어줘야 한다고."

최일식은 곧바로 회사로 들어가 한정훈에 대한 기사를 작성했다. 움직이는 도중에 어떻게 쓸지를 생각해 두었기 때문에 어렵지 않게 기사가 뽑혔다.

제목은 순수 청년 한정훈, 야구 천사 이미지 부담스러워요.

"짜식, 난 놈인 줄은 예전부터 알고 있었지만 이렇게 된 놈일 줄은 또 몰랐네."

최일식이 기꺼운 마음으로 기사를 올렸다. 그런데…… 자신보다 먼저 기사를 올린 기자가 있었다.

[아름다운 청년 한정훈의 지나치게 양심적인 고백.]

기자는 한예리. 기사를 읽어보니 자신과 비슷한 느낌으로 기사 방향을 정한 모양이었다.

"암튼 제법이라니까."

최일식이 피식 웃었다. 처음에는 그저 얼굴이나 팔고 다니려는 자격 미달 기자쯤으로 여겼는데 겪으면 겪을수록 진국이라는 생각이 들었다.

그러다 최일식은 불현듯 묘한 궁금증이 생겼다.

"그런데 한 기자는 한정훈의 일에 왜 이렇게 지극 정성이지? 같은 한 씨라서 그런가? 아니면 설마……?"

순간 머릿속으로 이상한 상상이 떠오르자 최일식이 말도 안 된다며 고개를 흔들었다.

"에이 아니겠지. 나이 차이가 몇 개인데."

한두 살 차이라면 또 몰라도 여섯 살 차이다. 이건 한예리의 의사를 물어볼 필요도 없을 것 같았다.

"그런데 한정훈은 이상형이 어떻게 되지? 아직 어리니까 아이돌 좋아하려나?"

베이스 볼 61에 한정훈에 대한 취재 요청 공문을 보낸 뒤 최일식은 다시 컴퓨터 앞에 앉았다.

그리고 요즘 핫한 아이돌이라는 검색 키워드를 쳐 넣었다.

"오우~ 요즘 애들은 왜 이렇게 예쁜가 몰라."

그저 장난 반 호기심 반으로 시작했던 아이돌 검색은 밤늦은 시간까지 계속됐다.

그렇게 최일식이 오랜만에 안구 정화를 하는 사이 베이스 볼 61과 스톰즈 구단이 움직이기 시작했다.

[베이스 볼 61 박찬영 대표. 한정훈 선수의 좋은 일에 동참한 것만으로도 기쁜 일. 이렇게 밝혀져서 부끄러워.]

주된 기사 내용은 후원의 주체는 한정훈이며 베이스 볼 61은 숟가락만 얹었다는 것이다.

혹시라도 베이스 볼 61에서 한정훈의 이미지 메이킹을 했다는 루머를 피하기 위해 선수를 친 것이다.

거기다 더해 누군가의 가정의 평화를 위해 한 가지 사실이 조작되어 기사화됐다.

[베이스 볼 61 2억 쾌척의 비밀. 박찬영 대표와 직원들이 십시일반 모아.]

[베이스 볼 61 박찬영 대표와 직원들. 한정훈 선수의 후원 사실에 자발적으로 동참해.]

물론 총 후원 금액 5억 중 2억은 박찬영 대표가 개인적으로 낸 돈이었다.

하지만 아내 몰래 주식을 했다는 사실이 들통 날 위기에 몰린 박찬영 대표는 직원들과 함께 후원했다고 포장했다.

실제 상당수의 직원이 꾸준하게 후원에 동참하는 만큼 아예 없는 이야기를 만든 것도 아니었다.

베이스 볼 61에 이어 스톰즈 구단도 말맞추기에 나섰다.

[스톰즈 구단 박현수 단장 대행. 한정훈 선수의 후원 금액이 아니라 마음에 감화된 것!]

[스톰즈 구단 관계자. 한정훈 선수처럼 바르고 훌륭한 선수를 특별 지명할 수 있어서 기뻐!]

지나친 한정훈 찬양 일색에 피로도를 느끼던 대중들도 한정훈의 양심 고백에 고개를 끄덕였다. 특히나 야구 천사가 아니라 야구 선수 한정훈이고 싶다는 말이 많은 공감을 이끌어냈다.

언론이 만들어낸 야구 천사 한정훈이 잠잠해지고 대신 야구 선수 한정훈에 대한 궁금증이 증폭되자 최일식은 오래전부터 준비했던 한정훈의 기획 기사를 터뜨렸다.

[야구인들은 알지만 대중들은 모르는 야구 선수, 한정훈.]

대중들은 기다렸다는 듯이 최일식의 기사를 클릭했다. 그리고 열광했다.

대중들이 알고 싶은 이야기를 다양한 기록들과 함께 연대기성으로 정리한 글은 폭발적인 반응을 일으켰다.

그러자 자극을 받은 한예리도 지지 않고 새로운 각도의 기획 기사를 올렸다.

[한정훈과 사람들 – 강혁 동명고등학교 감독.]

최일식이 한정훈 개인에 포커스를 뒀다면 한예리는 주변 사람들이 보는 한정훈을 그려 나간 것이다.

한예리의 기사도 최일식의 기사만큼이나 큰 사랑을 받았다.

취재 대상에 따라 호응도가 갈리긴 했지만 짜깁기나 해대는 다른 기사들과는 격이 다른 기삿거리로 대중들에게 야구 선수이자 인간 한정훈을 알리는 데 큰 공헌을 했다.

덕분에 대중들은 더 이상 후원 천사 한정훈을 기억하지 않게 됐다.

한정훈의 바람대로 야구 선수 한정훈이 대중들의 뇌리를 파고들기 시작한 것이다.

하지만 정작 한정훈은 이 같은 변화를 실감하지 못했다.

쏟아지는 취재 요청마저 거절한 채 베이스 볼 61 훈련장에서 신구종 개발에 열을 올린 탓이었다.

야구 외적으로 가장 급했던 이사 문제는 박찬영 대표가 나서서 도와주기로 했다. 덕분에 한정훈도 야구 선수로서의 본분에 집중할 수 있게 된 것이다.

프로 야구 최초로 특별 지명을 받긴 했지만 그렇다고 아무런 준비도 없이 프로 무대에 설 수는 없는 노릇이었다.

그래서 한정훈은 세계 청소년 야구 선수권 대회 때부터 고심했던 패스트볼을 강화하기로 마음먹었다.

구단 전지훈련 전까지 잡은 목표는 투심, 커터, 싱커, 스플리터 네 개의 구종 중 두 개 이상을 자신의 것으로 만드는 것이었다.

이번에도 서재훈이 나서서 한정훈의 투수 코치를 자청했

다. 한정훈이 원했고 서재훈이 흔쾌히 받아들였다.

에이전시인 베이스 볼 61에서는 서재훈에게 별도의 사례비를 지급하겠다고 제안했다.

하지만 서재훈은 야구 선수들끼리 서로 돕는 건 당연하다며 고개를 흔들었다.

대신 식당 자유 이용권만 보장해 달라며 너스레를 떨었다.

"준다는데 받지 그래요."

"됐어, 인마. 형을 뭐로 보고."

"뭐로 보긴요. 은퇴한 백수 야구인이죠."

"뭐 인마?"

"형수님이 뭐라고 안 해요? 형 이러는 거 알려나 몰라?"

"크흠, 자식이. 기껏 도와주러 온 사람한테 그게 할 말이냐?"

"에이~ 좋으면서도 미안하니까 그렇죠."

"미안하면, 인마. 나중에 형 데리고 메이저리그 가라니까?"

"형 영어 하는 거 봐서요."

"쳇, 치사한 놈. 너 때문에 내가 영어 학원 등록하고 만다."

한정훈과 서재훈은 친형제처럼 살갑게 지냈다.

나이 차이만 놓고 보자면 삼촌과 조카 수준이었지만 서로 호형호제하는 걸 주저하지 않았다.

심지어 사석에서는 스스럼없이 농담도 주고받을 정도였다. 그래서 모르는 이들은 서재훈이 아무에게나 저렇게 잘 맞춰준다고 오해할 정도였다.

하지만 야구에 있어서 서재훈은 강혁 이상으로 혹독하고 냉정했다. 게다가 잔소리도 심했다.

"그게 아니라니까. 커터를 그렇게 의식해서 던지면 타자가 알아챌 거 아냐!"

배터 박스 부근에서 한정훈의 투구를 지켜보던 서재훈이 손을 말아 쥐고 소리쳤다.

몇 번이고 말을 했지만 커터를 던지는 순간 릴리스 포인트가 자꾸만 어긋나고 있었다.

"하아. 어렵네요."

전담 포수가 되어버린 이상범에게 공을 돌려받으며 한정훈이 고개를 흔들었다.

의식하지 말아야겠다고 수백 번 다짐하며 투구에 들어가는데 막상 공을 놓을 때만 되면 중지에 힘을 실어야 한다는 중압감을 이겨내지 못했다.

"정신 차리고. 하나라도 좋으니까 제대로만 던져 봐. 그 느낌만 찾으면 그다음부터는 쉽게 갈 수 있어."

서재훈이 박수를 치며 한정훈을 독려했다.

솔직히 말해 손재주 좋은 한정훈이니까 고작 며칠 만에 이만큼 던질 수 있었다.

서재훈의 기대치가 높지 않았다면, 아니, 투수가 한정훈이 아니라면 조금 전 커터도 경기마다 3-4구 수준에서 보여주기 식으로 써 먹을 수 있을 정도였다.

하지만 한정훈은 슬라이더를 대신해 횡으로 꺾이는 승부구를 원했다.

그리고 서재훈은 이번 기회에 한정훈이 메이저리그에서도 통할 만한 커터를 손에 넣길 바랐다.

그렇다 보니 어지간한 궤적의 커터로는 성이 차지 않았다.

"후우……. 이거 말을 꺼내야 하긴 하는데 끼어들 틈이 없네."

그 모습을 멀리서 지켜보던 박찬영이 초조한 기색을 내비쳤다.

새로 익힌다는 커터가 성과를 좀 보여야 기분 좋게 말을 붙일 텐데 지금으로서는 괜히 핀잔만 들을 것 같았다.

그렇다고 협회에서 공문까지 내려온 일을 무시하기도 어려웠다.

"저기…… 한정훈 선수."

애써 마음을 다잡은 박찬영이 연습장으로 들어갔다. 그리고 잠시 후.

"에? 뭐라고요?"

수건으로 얼굴을 닦던 한정훈의 얼굴이 와락 일그러졌다.

26장
그래! 바로 이 맛이야!

1

"야, 이 멍청아! 라인 밟지 마!"

"선! 선! 선 꼬인 거 안 보여?"

베이스 볼 61 건물 옆에 위치한 찬오 파크는 이른 아침부터 낯선 손님들로 북적거렸다.

SBC 추석 파일럿 예능 프로그램 슈퍼 서바이벌.

역사적인 그 첫 촬영 현장이 하필이면 찬오 파크로 결정된 것이다.

본래 찬오 파크는 대관이 가능한 경기장이 아니었다.

베이스 볼 61에 소속된 직원들이나 선수들의 경기를 위한 장소였다.

그러던 게 박찬오가 KBA 국가 대표팀 감독으로 취임하면서 청소년 대표팀의 합숙 훈련장으로 이용되기 시작했다.

그 점에 대해서 박찬영도 환영의 뜻을 보였다.

베이스 볼 61이 진행하는 중점 사업 가운데 하나가 유소년 야구 지원인 만큼 청소년 야구 대표팀이 찬오 파크에서 훈련을 하면서 좋은 경기력을 유지한다면 그보다 좋은 일은 없었다.

실제로 한일 고교야구 대항전과 세계 청소년 야구 선수권 대회를 치르기 전 찬오 파크에서 일주일간 합숙 훈련을 하면서 대표팀 선수들의 실전 감각을 상당히 끌어올릴 수 있었다. 선수들도 찬오 파크에서의 합숙이 큰 도움이 됐다며 그 효과를 인정할 정도였다.

하지만 정작 협회의 높으신 분들은 생각이 다른 모양이었다. 대표팀이 좋은 성적을 낸 건 협회의 전폭적인 지원과 좋은 선수들 덕분이지 찬오 파크에서의 합숙 훈련 때문은 아니라며 선을 그었다.

그러면서도 정작 도움이 필요하자 협회의 이름을 내걸고 제멋대로 공문을 내렸다.

아마추어 야구 발전을 위한 프로그램이 제작될 예정이니 장소를 협찬해 달라는 것이었다.

게다가 공문 속에는 한정훈도 꼭 출연시키라는 당부 아닌

당부가 명시되어 있었다.

프로 입단이 결정되긴 했지만 한정훈은 아직 협회 소속의 고등학교 야구 선수.

협회의 요청을 무작정 거절하기가 어려운 상황이었다.

그래서 박찬영은 두 눈 딱 감고 협회 측의 요청을 받아들였다.

한정훈이라는 걸출한 스타를 프로 야구계에 빼앗겨 심통이 난 아마추어 야구계에 빚을 갚는다는 심정으로 말이다.

하지만 막상 눈앞에 펼쳐진 광경은 예상과 완전히 달랐다.

아마추어 야구 관련 다큐멘터리인 것처럼 떠들어 대던 프로그램의 정체는 다름 아닌 예능 프로그램이었다.

그것도 추석 특집 파일럿 프로그램.

시청률이 좋으면 연명하겠지만 그렇지 않으면 흔적도 없이 사라져 버릴, 시스템은 없고 의욕만 넘쳐나는 프로그램이었다.

"완전히 속았군."

뒤늦게 소식을 전해들은 박찬영은 망연자실한 표정이었다.

설마하니 협회에서 이런 식으로 자신의 뒤통수를 치리라고는 생각지도 못했다.

그렇다고 이제 와 협회 측에 따져 봐야 아무 소용없었다.

협회 관계자는 몰랐다고 잡아뗄 테고 예능 프로그램 측은 어떻게든 촬영을 해야 한다고 버틸 게 뻔했다.

"한정훈 선수, 정말 미안합니다. 미리 꼼꼼하게 체크했어야 했는데……."

박찬영은 한정훈을 볼 낯이 없었다. 바쁘다는 이유로 협회의 공문만 철석같이 믿은 게 실수였다.

그러자 한정훈이 대수롭지 않게 중얼거렸다.

"괜찮아요. 그리고 뭐 적당히 하면 되겠죠."

한정훈은 차라리 예능 프로그램이라서 다행이라고 여겼다.

협회가 주관하는 다큐멘터리 프로그램을 촬영하는 것보다는 훨씬 수월할 것이라고 예상한 것이다.

그러나 뻔하디뻔한 예능 프로그램이었다면 협회 관계자들까지 나서서 이런 음모를 꾸미지 않았을 것이다.

"한정훈 선수되시죠? 반갑습니다. 김대수 피딥니다."

담당 PD 김대수가 한정훈에게 웃으며 다가왔다.

작은 키에 다부진 체격, 그리고 제법 선해 보이는 인상까지. 독해야 하는 예능 피디와는 별로 어울리지 않아 보였다.

"한정훈 선수 에이전시 대표 박찬영입니다."

박찬영은 그런 김대수의 첫인상에 넘어가 버렸다.

시청률이 전부인 예능 프로그램 특성상 깐깐한 피디를 만나면 어쩌나 걱정했는데 한시름 놓았다는 표정이었다.

하지만 한 차례 미래를 경험하고 온 한정훈은 달랐다.

'김대수? 이 인간, 할 줄 아는 거라고는 남의 프로그램 베끼는 거밖에 없는 인간이잖아?

얼굴까진 확실히 모르겠지만 한정훈은 김대수라는 이름을 기억하고 있었다.

20년쯤 후에 일본의 프로그램 하나를 불법으로 복제해서 연출하다가 100억여 원의 소송을 당했기 때문이다.

한국에서는 크게 이슈화되지 않았지만 일본에서는 제법 비난의 목소리가 높았다.

특히나 김대수가 베낀 프로그램이 한두 개가 아니다 보니 집단 소송의 움직임으로까지 번졌다.

당시 일본에서 코치 연수 중이었던 한정훈은 선수들에게 김대수에 대해 여러 차례 질문을 받았다.

그래서 자연스럽게 기사를 접했고 지금까지도 기억하고 있었다.

'눈앞의 김대수가 내가 아는 김대수라면 오늘 촬영이 정상적일 리가 없겠구나.'

한정훈이 경계 어린 눈으로 김대수를 바라봤다.

그런 줄도 모르고 김대수가 한정훈의 옆에 다가와 프로그램 콘셉트를 설명하기 시작했다.

"오늘 촬영은 별거 없습니다. 한정훈 선수하고 복면을 쓴 아마추어 선수가 대결을 하는 겁니다."

"대결이요?"

"네, 총상금 1억을 걸고 하는 대결이고요. 한정훈 선수가 승리할 경우 한정훈 선수 이름으로 원하는 곳에 후원을 해드리겠습니다. 대신 한정훈 선수가 패배할 경우 1억의 절반인 5천만 원을 해당 아마추어 선수의 후원금으로 내 주셨으면 좋겠습니다. 어떤가요?"

"허……!"

순간 한정훈은 할 말이 없었다. 아무리 3억을 후원했기로서니 이런 식으로 대놓고 등쳐먹겠다는 인간이 나타날 줄은 예상치 못한 것이다.

그러나 김대수는 한정훈의 어처구니없는 감정 따위는 안중에도 없었다.

"방송 재미를 위해서입니다. 약간의 연출이 들어가겠지만 한정훈 선수가 이기게끔 손을 써놓았습니다. 그러니까 너무 걱정하지 마시고요. 뭐 5천만 원이 아깝다고 하신다면 대표님께 따로 말씀드려 보겠습니다."

김대수가 이죽거리며 한정훈의 약을 올렸다.

30억이나 받고 프로의 지명을 받은 투수가 고작 아마추어 투수를 상대로 몸을 사리는 것이냐.

말은 하지 않았지만 게슴츠레한 눈빛이 그렇게 조롱하고 있었다.

'이 자식이! 지금 누굴 간 보는 거야?'

한정훈은 순간 울컥하고 감정이 치밀어 올랐다.

고등학교 2학년의 몸만 아니었다면 당장에라도 김대수의 멱살을 잡아 비틀어버리고 싶은 심정이었다.

하지만 설사 성인이었다 하더라도 함부로 김대수의 몸에 손을 댈 수는 없었다.

'그러고 보니 이 자식, 악마의 편집으로 유명했지?'

한정훈이 슬쩍 눈을 돌렸다. 그러자 저만치에서 카메라를 들고 있던 스텝 하나가 냉큼 몸을 돌렸다.

만에 하나라도 한정훈이 감정적으로 나왔다면 그 장면을 고스란히 편집해 방송에 이용해 먹을 생각이었던 것이다.

'하아, 진짜 사람 열 받게 하네?'

한정훈의 눈매가 싸늘해졌다.

자신을 만만하게 보고 덤벼드는 김대수도 짜증 났지만 그런 김대수를 시켜 이런 일을 벌인 누군가도 도저히 용서가 되지 않았다.

그렇다고 이제 와서 발을 빼기도 어려웠다.

여기서 물러난다면 그걸 핑계로 자신을 물어뜯으려 들게 훤히 보였다.

"잠시만요. 대표님하고 상의 좀 하겠습니다."

한정훈은 정석적인 대답을 하고 몸을 돌렸다.

"새끼, 보기보다 약았네."

그런 한정훈을 바라보며 김대수가 눈매를 일그러뜨렸다.

"대표님, 부탁이 있습니다."

한정훈은 곧장 박찬영을 찾아갔다. 그리고 은밀히 세 가지를 부탁했다.

"그런 부탁을 하실 정도면……. 촬영 포기해야 하는 거 아닙니까?"

박찬영이 걱정스러운 얼굴로 물었다. 그 표정 속에는 대표로서 너무 한심한 짓을 저질렀다는 자책이 강하게 깔려 있었다.

하지만 여기서 촬영을 거부하면 한정훈은 물론이고 박찬영과 베이스 볼 61까지 피해가 갈 수 있었다.

"아니요. 해보는 데까진 해볼게요. 그러니까 제가 부탁드린 거 최대한 빨리 준비해 주세요."

"알겠습니다. 그리고 준비될 때까지 일단 올라가서 쉬십시오. 피디에게는 제가 말해 놓겠습니다."

"아니에요. 그러면 그걸 가지고 또 트집을 잡을 겁니다. 그러니 대표님도 너무 티 내지 마세요. 아셨죠?"

한정훈이 애써 박찬영을 달랬다. 그러자 박찬영도 크게 몇 차례 심호흡을 하며 분을 삭였다.

그러는 사이 박찬영의 지시를 받은 직원이 한정훈이 원하는 걸 가지고 달려왔다.

"이건 모자에 착용하시는 겁니다. 선수들 자세 교정 때문에 몇 개 구입했던 게 이렇게 쓰일 줄은 몰랐습니다."

박찬영이 간단하게 사용법과 착용법을 알려주었다.

생각보다 복잡하면 어쩌나 걱정했는데 과학적으로 활용되는 기계다 보니 이해하기가 쉬웠다.

"그럼 나머지도 잘 부탁드려요."

한정훈이 뜨거운 눈으로 박찬영을 바라봤다.

"걱정 마십시오. 한정훈 선수에게 피해가 가는 일이 없도록 최선을 다하겠습니다."

박찬영이 주먹을 불끈 쥐어보였다. 일이 이렇게 된 이상 최선을 다해 저들의 음모를 분쇄시킬 생각이었다.

2

"슈퍼 서바이벌! 안녕하십니까. 오늘의 특별 MC를 맡은 이상빈입니다!"

가수 출신 연예인 이상빈의 목소리로 프로그램 촬영이 시작됐다.

'MC부터 꽝이네.'

무대 한편에 서서 그 모습을 지켜보던 한정훈이 속으로 혀를 찼다.

파일럿 프로그램이라는 특성상 괜찮은 MC를 내세워야 시청률을 보장받을 수 있었다. 시청률과 화제성, 두 마리 토끼를 모두 잡지 않는 한 정규 편성이 어렵기 때문이다.

그런데 인지도가 높지 않은 이상빈을 MC로 섭외했으니 정규 편성이 될 가능성은 턱없이 낮아 보였다.

'MC가 이상빈이면 게스트는 볼 것도 없겠네.'

한정훈은 게스트에 대한 기대를 아예 접어버렸다.

같은 추석 특집 파일럿이라면 이상빈이 아니라 좀 더 인기 있는 MC가 진행하는 프로그램에 출연하고 싶은 게 모든 연예인들의 공통된 희망 사항일 수밖에 없었다.

하지만 이상빈이 소개한 연예인들의 면면은 한정훈의 예상을 크게 벗어났다.

"오늘의 심사위원들을 소개합니다. 먼저 요즘 대세 아이돌이죠. 더블 에이의 설아!"

이상빈의 입에서 설아라는 이름이 튀어나오자 한정훈이 반사적으로 고개를 들었다.

설아. 핸드폰 CF 하나로 대세녀로 등극한 걸그룹 더블 에이의 멤버였다.

'헉! 진짜 설아잖아?'

과거 한때 동료 선수들과 함께 설아 앓이를 했던 한정훈의 눈동자가 급격하게 커졌다. 수많은 치어리더의 환영을 받으며 설아가 아찔한 핫팬츠 차림으로 무대 위에 등장한 것이다.

한동안 설아에게서 눈을 떼지 못하던 한정훈은 두 번째 게스트의 이름을 듣고 또다시 입을 쩍 하고 벌리고 말았다.

국민 여동생 김연정.

몇 년 뒤 잘나가는 프로 야구 선수와 결혼해 야구계의 여신으로 떠오른 그녀가 새치름하게 웃으며 설아 옆에 섰다.

세 번째 게스트는 이훈재.

연예계에서 야구깨나 한다고 소문이 난 개그맨이었다.

네 번째 게스트는 5인조 남자 아이돌 그룹, 스톤.

이상빈은 요즘 한창 주가를 올리고 있다며 추켜세웠지만 애석하게도 한정훈의 관심을 끌지 못했다.

그리고 마지막으로 호명된 이들이 다름 아닌 걸그룹 러블리.

'우앗!'

한정훈은 하마터면 무대 위로 뛰어 올라갈 뻔했다.

걸그룹 러블리!

지금은 그저 그런 신인 아이돌에 불과하지만 수년 이내 대한민국 최고 아이돌로 우뚝 서는 4인조 걸그룹!

'뭐야? 혹시 이거 내 몰래 카메라야?'

한정훈은 입이 귀에 걸려 버렸다.

어쩌면 자신의 프로 입성을 축하해 주기 위해 박찬영이 준비한 서프라이즈 파티가 아닐까란 생각마저 들었다.

"그리고 오늘의 주인공! 대한민국 신인 최고 몸값을 경신한 코리안 쇼크! 한! 정! 훈!"

잠시 정신이 팔린 사이 이상빈의 목소리가 마이크를 타고 쩌렁하게 울렸다.

"지금 올라가시면 돼요!"

스텝이 냉큼 한정훈에게 신호를 주었다. 한정훈도 군말 없이 무대 위로 뛰어올랐다.

"한정훈 선수! 반가워요! 완전 팬이에요!"

"끝나고 사인 좀 부탁해요~"

한정훈의 등장에 게스트들이 앞다투어 친근하게 말을 걸었다.

생전 처음 보는 얼굴들이었지만 카메라가 돌아가자 서로 연락을 주고받는 사이처럼 굴어댔다.

"네, 꼭 해드릴게요."

한정훈도 웃으며 분위기를 맞춰 주었다.

이성은 정신을 바짝 차리라고 신호를 주었지만 왼쪽으로 설연과 김연정이 서 있고 오른쪽에 러블리가 방긋 웃고 있는데 정신이 차려질 리가 없었다.

그때였다.

"그리고 오늘 위대한 한정훈 선수에게 도전할 도전자! 복면 사내!"

이상빈이 무대 건너편을 향해 크게 소리쳤다.

그러자 연기가 뿜어져 오르더니 반대쪽 특설 무대에서 복면을 쓴 건장한 사내가 모습을 드러냈다.

'누구지?'

한정훈의 시선이 반사적으로 사내에게 꽂혔다. 복면을 쓰긴 했지만 야구복을 입은 모습이 누가 봐도 선수처럼 느껴졌다.

그러자 복면을 쓴 사내가 난데없이 와인드업 자세를 취했다. 그러고는 한정훈을 향해 냅다 공을 내던졌다.

후아앗!

번개처럼 공이 날아들자 여자 게스트들이 비명을 내지르며 자리에 주저앉았다.

한정훈은 반사적으로 앞으로 튀어 나가 글러브를 뻗었다. 글러브를 왜 챙겨주나 했는데 다 이유가 있었던 모양이었다.

파아앙!

복면 사내가 던진 공이 정확하게 한정훈의 글러브 속으로 빨려 들어갔다.

한정훈이 제때 나선 덕분에 다행히도 방송사고는 일어나지 않았다.

"역시 한정훈 선수! 박수 한 번 쳐주세요~"

이상빈이 능청스럽게 상황을 넘기려 했다. 그러나 복면 사내의 공을 받은 한정훈은 도저히 그럴 수가 없었다.

30미터는 족히 되어 보이는 거리에서 던진 공인데 손바닥이 욱신거릴 정도로 아팠다.

이 정도 공을 던질 실력이라면 고작 복면을 쓰고 저곳에 서 있을 이유가 없었다.

'설마……!'

순간 한정훈의 머릿속으로 누군가가 스쳐 지났다. 실력은 누구보다 뛰어나지만 마운드에 설 수 없는 누군가가.

안성민.

영구 자격 정지 처분을 받은 고교 야구계 비운의 스타.

녀석이 틀림없었다.

한정훈을 더 열 받게 만들고 싶었던지 안성민이 엄지를 들더니 아래로 고꾸라뜨렸다.

너는 오늘 내가 쓰러뜨린다.

복면에 가려지지 않은 입가가 한껏 비틀렸다.

그러나 정작 한정훈은 안성민의 도발은 안중에도 없었다. 그보다는 이런 일을 벌인 협회에 더 화가 났다.

'협회, 이 개새끼들이……!'

한정훈이 빠득 이를 갈았다.

공문까지 내려 보내 출연을 강요할 때부터 뭔가 꿍꿍이가 있을 것이라 예상은 했지만 설마하니 영구 자격 정지를 먹인 안성민을 끌어들이리라고는 생각지도 못했다.

게다가 이 자리에 나온 안성민도 우스웠다.

협회가 애꿎은 선수를 죽인다며 1인 시위까지 해놓고서는 복면까지 뒤집어쓰고 나오다니.

협회와 얼마나 뒤가 구린 거래를 주고받았는지는 모르겠지만 한심스럽다 못해 불쌍할 지경이었다.

'야구는 무슨 죄냐?'

한정훈은 글러브 속에서 공을 빼내어 힘껏 움켜쥐었다.

이런 더러운 게임에 애꿎은 야구가 끼어 있다는 사실에 짜증이 치솟았다.

그런 한정훈의 속내도 모른 채 복면 사내가 자신 있으면 던져 보라는 듯 글러브를 들어 올렸다.

그러자 이상빈도 기다렸다는 듯이 마이크를 들어 올렸다.

"지금 복면 사내가 한정훈 선수를 도발하고 있는데요. 한정훈 선수! 복수해야죠! 100마일의 강속구 날리나요?"

순간 한정훈이 어처구니없다는 눈으로 이상빈을 노려봤다.

때리는 시어머니보다 말리는 시누이가 더 밉다더니 이상빈이 하는 짓이 딱 그 짝이었다. 명색이 MC라면 한정훈을 어르고 달래어 상황을 수습하는 게 옳았다.

복면 사내로 분장한 안성민의 기습 공격이야 어쩔 수 없었다 하더라도 대놓고 복수를 하라니.

'이래서 이상빈을 썼구만?'

비로소 한정훈은 화려한 게스트들과 어울리지 않는 이상빈 캐스팅이 이해가 갔다.

한정훈을 자극해 일을 키우는 데 이상빈만 한 적임자도 없어 보였다.

하지만 제아무리 화가 났다고 해도 몸도 풀지 않은 상태로 100마일의 강속구를 던지는 건 멍청한 짓이었다.

설사 몸을 풀었다 하더라도 마찬가지다.

마운드도 아니고 다소 미끄러운 무대 위에서, 30미터나 떨어진 안성민을 응징하겠다는 일념으로 공을 던져라?

그야말로 웃기는 소리였다.

"하아. 훈재 형, 저 정말 복수해야 해요?"

한정훈이 가장 가까이에 있는 이훈재를 바라보며 푸념했다.

안면은커녕 오늘 처음 만난 사이였지만 이훈재 말고는 이 상황을 능청스럽게 받아 넘겨줄 사람이 없었다.

그러자 눈치 빠른 이훈재가 냉큼 달려와서 한정훈을 끌어안았다.

"한정훈 선수, 참아요. 참아. 복수는 조금 이따가 경기할 때 해도 충분해!"

이훈재가 한정훈을 만류하자 눈치만 보던 다른 게스트들도 한마디씩 거들었다.

다들 복면 사내를 악역으로 여기고 있다 보니 한목소리로 한정훈을 응원했다.

그 모습을 지켜보던 김대수가 잔뜩 이맛살을 찌푸리며 이상빈에게 신호를 보냈다.

"네! 신경전은 여기까지 하는 걸로 하고, 게스트분들은 자리에 착석해 주시기 바랍니다. 한정훈 선수는 경기 준비해 주시고요."

이상빈이 능청스럽게 상황을 정리했다. 그리고 잠시 촬영이 중단됐다.

"한정훈 선수, 잘 참았어요. 그리고 나 진짜 한정훈 선수 팬이에요. 미국전에서 던지는 거 보고 내가 다 속이 시원하더라니까?"

카메라가 꺼지자 이훈재가 직접 무대 뒤까지 한정훈을 찾아왔다.

소문난 야구 마니아답게 세계 청소년 야구 선수권 대회도 꼬박꼬박 챙겨 본 모양이었다.

"아닙니다. 그리고 아까 잘 받아주셔서 정말 감사합니다."

한정훈이 멋쩍게 웃었다.

조금 전 이훈재 덕분에 곤란한 상황에서 벗어났는데 먼저 다가와 팬이라고까지 해주니 한결 기분이 나아졌다.

"정말 감사하면 나중에 히어로즈랑 경기할 때 살살 던져 줘요. 히어로즈, 요즘 힘들잖아요."

"아, 네."

"그리고 끝나고 우리 애들 사인 좀 부탁해요. 우리 애들도 정훈 선수 광팬이에요."

이훈재는 뒤이어 핸드폰을 꺼내 쌍둥이 아이들을 자랑하기 시작했다.

육아 프로그램에서 보여줬던 모습이 연출만은 아닌 듯했다.

한정훈도 적당히 장단을 맞춰주었다. 과거 딸아이를 키웠던 터라 이훈재가 남처럼 느껴지지 않았다.

하지만 그 화기애애한 분위기는 오래가지 않았다.

"이훈재 씨, 여기 계시면 어떻게 해요."

"왜요? 벌써 촬영이에요?"

"얼른 자리로 돌아가 주세요. 얼른요."

김대수가 불만 섞인 목소리로 이훈재를 돌려보냈다.

그리고 한정훈의 옆에 앉아서 첫 번째 대결에 대해 설명하기 시작했다.

"아까 말했듯이 한정훈 선수하고 복면 쓴 선수하고 세 번의 대결을 할 건데……."

"아까 아무 말씀도 안 해주셨는데요."

"내가? 그럴 리가. 조연출한테 분명 전달하라고 시켰는데?"

"……."

"크흠, 어쨌든 지금 설명하니까 잘 들어요. 세 번 경기를 하는 거니까 누구든 두 번 이기면 승패가 결정 나는 거죠. 여기까진 이해하죠?"

"네."

"그런데 한정훈 선수가 첫 경기에서 이겨 버리면 어떻게 되겠어요? 저쪽은 프로가 아닌데 두 번째 경기 부담스러워서 제대로 덤비기나 하겠어요? 그러니까 첫 번째 경기는 아슬아슬하게 져줘요. 내 말 무슨 소리인지 알겠어요?"

김대수가 뻔뻔스럽게 승부 조작을 주문했다. 그것도 말도 안 되는 이유를 대면서 말이다.

'이 새끼…… 뭐야?'

한정훈은 순간 욕지거리가 터져 나오려는 걸 힘겹게 참아냈다. 명색이 담당 PD라는 자가 출연자의 성향조차 파악하지 못한다는 게 이해가 가질 않았다.

만약 이재훈이 옆에 있었다면 말도 안 된다며 화를 냈을 것이다.

아니, 한일 고교야구 대항전 이쿠에이 고등학교와의 경기나 세계 청소년 야구 선수권 대회 미국과의 경기를 본 이들이라면 김대수의 요구가 얼마나 어처구니가 없는지 알 것이다.

하지만 김대수는 농담이 아니라며 짐짓 분위기까지 잡고 있었다. 예능 PD가 신처럼 느껴지는 신인들에게나 먹혀들 것 같은 표정으로 말이다.

'하아……. 이걸 그냥 들이받아?'

한정훈이 싸늘해진 눈으로 김대수를 노려봤다. 그러자 김대수도 쫄렸는지 슬쩍 고개를 돌렸다.

백번 양보해 복면 사내가 정말 평범한 사회인 야구 선수 정도였다면 한정훈도 얼마든지 수준을 맞춰줄 수 있었다.

하지만 복면 사내는 다름 아닌 안성민이다.

인성은 몰라도 실력만큼은 메이저리그 직행을 노릴 정도로 뛰어난, 탈고교급 선수였다.

그런데 안성민을 상대로 져주라니?

어림 반 푼어치도 없는 소리였다.

그렇다고 이 상황에서 김대수를 들이받고 촬영을 접을 수도 없었다. 김대수가 한정훈에게 들러붙은 순간부터 여러 대의 카메라가 주변을 배회하고 있는 상태였다.

이런 상황에서 한정훈이 할 수 있는 최선은, 김대수의 뜻대로 움직여 주는 척하는 것이다.

"하아……. 알겠습니다. 솔직히 그런 거 잘 못하는데 PD 님 부탁이시니까 해보겠습니다."

한정훈이 애써 표정을 풀며 말했다. 그러자 김대수가 의외라는 눈으로 한정훈을 바라봤다.

'뭐야, 이 새끼? 왜 이렇게 고분고분해?'

김대수는 약이 올랐다. 연달아 함정을 파놓는데 그때마다 너구리처럼 빠져나가는 한정훈이 못마땅하기만 했다.

그러나 어색하게 얼굴 가죽만 웃어대는 한정훈도 속이 부글부글 끓기는 마찬가지였다.

'어디 언제까지 버티나 보자.'

'무슨 수작을 부리려는지 몰라도 쉽지 않을 거다.'

차마 내뱉지 못한 속내를 삼키며 김대수와 한정훈이 한발씩 물러났다.

그리고 잠시 후. 김대수가 준비한 첫 번째 경기가 시작됐다.

3

"대한민국 청소년 야구팀의 에이스 한정훈 선수와 이름 모를 복면 선수의 첫 번째 대결은 바로 이겁니다!"

이상빈이 무대를 가리키자 치어리더들이 격한 환호성을

내질렀다.

뒤이어 스텝들이 황급히 달려와 포수석 뒤쪽에 방망이를 거꾸로 세워 붙인 기다란 나무 상자를 가져다 놓았다.

"이거 설마…… 공을 던져서 방망이를 맞추는 건가요?"

야구광인 이훈재가 금세 첫 번째 대결을 알아챘다.

"정답입니다! 프로야구 올스타전에서도 시행하고 있는 퍼펙트 피처 게임입니다!"

이상빈이 호들갑스럽게 경기를 소개했다.

야구팬들에게는 특별할 게 없는 경기였지만 게스트들의 반응은 달랐다.

특히나 여자 게스트들은 엉뚱한 질문들을 쏟아내며 흥을 돋웠다.

"그런데 방망이를 왜 거꾸로 세워 놓은 거예요?"

"공은 어디서 던지나요?"

"한 번에 다 맞춰야 해요?"

이상빈을 대신해 이훈재가 친절하게 경기 방식을 설명해 주었다.

그러는 사이 복면 사내가 먼저 마운드에 올랐다.

"도전자인 복면 사내가 먼저 공을 던지겠습니다. 제한 시간은 2분. 그 안에 과연 몇 개의 배트를 쓰러뜨릴 수 있을까요? 그럼…… 시작해 주세요!"

이상빈의 신호와 함께 복면 사내가 초구를 던졌다.

후아앗!

빠르게 날아든 공이 정면에 있던 배트의 손잡이를 툭 하고 건드렸다.

토도동.

균형을 잃은 배트가 그대로 뒤로 넘어갔다. 그러자 기다렸다는 듯이 치어리더들이 환호성을 터뜨렸다.

복면 사내는 지체 없이 바구니에서 공을 꺼냈다.

그리고 왼쪽 타자석 쪽에 세워진 방망이를 겨냥해 공을 던졌다.

후아앗!

빠르게 날아간 공은 아쉽게도 방망이의 옆을 스쳐 지났다.

재차 도전했지만 마찬가지.

결국 두 개의 공을 더 던지고서야 노렸던 방망이를 쓰러뜨릴 수가 있었다.

"복면 선수! 이 정도로는 어림없습니다! 상대는 대한민국 청소년 대표팀의 에이스 한정훈 선수란 말입니다!"

복면 사내가 예상외로 부진하자 이상빈이 한정훈을 들먹거렸다. 그렇게 하면 복면 사내가 자극을 받고 더 열심히 할 것이라 기대했다.

그러나 침착해야 할 제구력 싸움에서 가슴이 분탕질 치는

데 공이 원하는 대로 날아갈 리 없었다.

휘잇! 휘잇!

복면 사내가 내던진 공이 연달아 허공을 갈랐다.

그렇게 바구니 안에 들어 있던 30개의 공이 빠르게 사라졌다.

최종적으로 쓰러뜨린 배트는 총 3개.

연습 경기 때 평균적으로 기록했던 8개의 절반에도 못 미치는 결과였다.

"빌어먹을!"

뜻대로 되지 않자 복면 사내가 거칠게 욕지거리를 내뱉었다.

이상빈이 쓸데없는 소리만 하지 않았어도 세 개는 더 맞출 수 있었는데, 연습처럼 되지 않아서 짜증이 치밀었다.

복면 사내의 부진이 뼈아픈 건 김대수도 마찬가지였다.

"뭐야? 누가 저 경기 하자고 그랬어?"

김대수가 애꿎은 스텝들만 잡아댔다.

그만큼 상황이 좋지 않았다. 30구 중에서 고작 3개를 맞췄다.

열 개 던져 하나를 맞춘 셈인데 그 정도는 초등학교 야구 선수도 충분히 해낼 것 같았다.

그러자 눈치 빠른 조연출이 냉큼 다가와 말했다.

"페널티를 부여하시죠."

"페널티?"

"네, 한정훈 선수는 원래 잘하잖아요. 복면 선수가 누구인지는 몰라도 동등한 조건에서 싸우는 건 말이 안 된다고 생각합니다."

조연출을 비롯한 스텝들은 복면 사내를 한정훈과 비교도 안 되는 수준의 선수라고 생각하고 있었다.

하지만 김대수는 복면 사내의 정체를 알고 있었다.

그가 한정훈과 엇비슷한 실력의 투수였다는 사실도 말이다.

복면 사내는 한정훈과 제대로 맞붙어 이기고 싶다는 뜻을 전했다.

그게 복면 사내가 내세운 유일한 출연 조건이었다.

복면 사내의 뜻을 떠나 김대수도 가급적이면 팽팽한 그림을 그려보고 싶었다.

하지만 복면 사내가 기대 이하의 결과를 낸 만큼 다른 방법이 없을 것 같았다.

"그럼 절반만 넣어."

"절반만요?"

"그래. 그리고 복면 사내가 던진 공도 똑같이 맞춰."

"편집으로 말이죠? 그럼 보기 좋게 10개로 줄이는 게 좋지 않을까요?"

"복면 사내도 챙겨주자?"

"팽팽한 게 보기 좋잖아요."

"짜식, 많이 컸네."

"그럼 그렇게 알고 진행하겠습니다."

김대수의 편집 스타일을 누구보다 잘 아는 조연출이 씩 웃으며 물러났다.

그런 줄도 모르고 무대 위에서는 승자와 한정훈의 경기 결과를 알아맞히기가 한창이었다.

"이 경기는 한정훈 선수가 100퍼센트 이겼고요, 저는 최소한 6개는 맞출 것이라고 생각합니다."

이훈재가 자신만만한 얼굴로 정답판을 들어 올렸다.

정답판에는 큼지막한 글씨로 한정훈과 6이라는 숫자가 적혀 있었다.

스톤을 제외한 모든 게스트가 한정훈의 승리를 점쳤다. 다만 한정훈의 경기 결과 예상은 조금씩 달랐다.

더블 에이 설아는 4개, 배우 김연정은 5개, 러블리는 7개를 적었다.

반면 5인조 남자 아이돌 그룹 스톤은 복면 사내와 2개라는 답을 적어 들었다.

한정훈이 2개를 맞춰 복면 사내가 승리할 거란 소리였다.

"한정훈 선수가 진다고? 진심이야?"

이훈재가 어이없다는 눈으로 스톤을 바라봤다.

예능 프로그램에서 주목 한 번 받아보기 위해 일부러 이러는 게 아니라면 정말 야구의 '야' 자도 모르는 게 틀림없다고 여겼다.

이훈재는 다른 경기는 몰라도 제구력을 다투는 경기는 한정훈이 절대적으로 유리하다고 확신했다.

그가 한정훈이라는 어린 선수의 열성팬이 된 것도 100마일을 넘나드는 강속구 때문이 아니라, 그런 공을 구석구석 꽂아 넣는 제구력에 반해서였다.

프로 야구에서도 150㎞/h 이상의 빠른 공은 흔히 볼 수 있었다.

용병들은 160㎞/h에 가까운 공도 던져 댔다.

하지만 공만 빠르다고 해서 좋은 투수인 건 아니었다.

그 공을 얼마나 컨트롤 할 수 있느냐가 관건이었다.

그런 점에서 한정훈은 충분히 좋은 투수였다.

방송이 아니라 사적으로 마련된 게임이었다면 한정훈이 11개의 방망이를 전부 다 맞춰낼 거라 써냈을 터였다.

"자, 한정훈 선수와 복면 선수의 대결과는 별도로 출연자분들도 개개인의 성적에 따라 상품이 증정된다는 사실 알고 계시죠? 그러니까 너무 흥분하지들 마세요. 답이 항상 똑같으면 재미없잖아요. 안 그래요?"

이상빈이 넌지시 이훈재를 달랬다. 예능은 예능으로 보자는 소리였다.

그러는 사이 한정훈이 마운드에 올랐다. 그런데…… 한정훈의 표정이 심상치가 않았다.

"공이 왜 이것뿐이에요?"

한정훈이 바구니 안에 든 공을 내려다보며 물었다.

조금 전 안성민은 30개의 공을 던졌다. 하지만 지금 바구니 안에 든 공은 고작 10개밖에 되지 않았다.

그러자 조연출이 냉큼 다가와 말했다.

"아, 제가 미리 말씀드렸어야 했는데 깜빡했네요. 아무래도 한정훈 선수의 입장을 생각해서 공을 좀 줄였습니다. 이제 프로 선수신데 아마추어 선수하고 조건이 똑같으면 자존심 상하실 것 같아서요."

"허……."

한정훈은 그저 헛웃음이 났다.

유유상종이라더니 뻔뻔스러운 말을 아무렇지도 않게 지껄이는 게 꼭 김대수를 보는 것 같았다.

물론 한정훈도 바구니 속에 공이 좀 적을 것 같다는 예상은 했다.

안성민이 흥분한 나머지 제 실력을 발휘하지 못했으니 김대수가 어떻게든 손을 쓸 것이라 여겼다.

하지만 10개는 너무했다. 이건 한정훈 보고 져 달라고 노골적으로 강요하는 것이나 마찬가지였다.

"왜요? 공이 너무 적어요? 그럼 공은 30개로 두고 거리를 좀 더 뒤로 미룰까요?"

조연출이 더 어처구니없는 차선책을 제안했다.

제 딴에는 그래야 공평하다고 생각한 모양이겠지만 거리를 늘리면 전혀 다른 게임이 되고 만다.

"됐어요. 그냥 이대로 할게요."

한정훈이 신경질적으로 대답했다.

그 모습을 용케 카메라에 담은 조연출이 씩 웃으며 마운드를 내려왔다.

그리고 잠시 뒤.

"와우! 놀라운 소식입니다. 한정훈 선수가 10구로 도전하겠다고 합니다. 역시 대한민국 청소년 야구팀의 에이스답네요!"

이상빈이 김대수가 적어준 멘트를 제멋대로 떠들어 댔다.

"하아, 진짜 가지가지 한다."

한정훈이 고개를 흔들어 댔다.

이 상황에서는 그나마 3개밖에 쓰러뜨리지 못한 안성민이 고마울 지경이었다.

"후우……."

한정훈은 천천히 숨을 골랐다. 그리고 안성민처럼 정면에 있는 배트를 향해 공을 던졌다.

따각!

스트라이크존 한복판에 서 있던 방망이가 요란한 소리와 함께 튕겨져 나갔다.

그와 동시에 치어리더들이 환호성을 내질렀다.

"나이스! 나이스 피칭!"

이훈재가 자리에서 벌떡 일어나 박수를 쳤다.

그래. 이게 바로 한정훈이지.

차마 말하진 않았지만 활짝 웃는 그의 얼굴로 뿌듯함이 스쳐 지났다.

그런 이훈재의 믿음 덕분일까.

딱! 따각!

한정훈은 2구째와 3구째 모두 방망이를 맞춰냈다.

하지만…… 방망이가 쓰러지지 않았다.

접착제를 붙인 것으로도 모자라 못질까지 해놓았는지 공을 맞고도 비틀거릴 뿐이었다.

"에이, 저건 아니죠."

이훈재가 불공평하다며 항의했다.

방망이를 맞추는 게임도 아니고 쓰러뜨리는 게임인데 이런 식이면 한정훈이 너무나 불리했다.

그러나 정작 김대수는 오금이 저려 죽을 지경이었다.

"뭐야? 저 자식은 왜 저렇게 잘 맞춰?"

"그, 그러게나 말입니다."

"프로 선수들도 3개 중에 하나 맞추면 잘하는 거라며?"

"분명 그렇게 들었는데……."

비장의 한 수로 준비한 못질마저 큰 효과가 없자 김대수가 불안함을 감추지 못했다.

만약 방망이 쓰러뜨리기가 아니라 방망이 맞추기 게임이었다면 벌써 경기는 끝난 것이나 마찬가지였다.

그러자 조연출이 걱정할 거 없다며 김대수를 달랬다.

"단단히 고정했으니까 그렇게 쉽진 않을 겁니다."

조연출은 한정훈이 복면 사내보다 많은 방망이를 넘어뜨리진 못할 것이라고 확신했다.

잘해야 3개. 어쩌면 넘어지지 않는 방망이와 씨름하다 패배하게 될지도 모른다고 기대했다.

하지만 조연출은 알지 못했다. 자신이 저지른 조작질이 어떤 결과를 불러일으켰는지를 말이다.

4

'오늘 좀 괜찮은데?'

걱정했던 것과 달리 초구가 제대로 손에 감기면서 한정훈은 자신감이 생겼다.

오늘은 공이 알아서 던져지는 날이다. 흔히들 공이 긁힌다고 하는 그런 상황이었다.

굳이 과하게 제구를 하지 않아도 원하는 곳으로 공이 뻗어나가고 굳이 힘겹게 실밥을 채지 않아도 알아서 회전을 먹고 휘돌았다.

정식 경기가 아닌 고작 예능 프로그램 촬영 날 베스트 컨디션이라는 게 아쉽긴 했지만 10구 제한 페널티를 받은 한정훈은 일단 한시름 놓을 수 있었다.

하지만 제대로 던진 2구가 방망이를 쓰러뜨리지 못하면서 한정훈의 여유로운 표정이 순식간에 사라져 버렸다.

한정훈이 노린 두 번째 타깃은 왼쪽 타자석에 위치한 방망이었다.

몸을 살짝 비튼 뒤에 가상의 홈 플레이트를 그려 던지자 공은 정확하게 방망이의 중심 부분을 강타했다.

그런데 방망이가 쓰러지지 않았다.

빗맞기라도 했으면 그러려니 하겠는데 정확하게 얻어맞고도 버텼다.

그것도 우스꽝스럽게 말이다.

야구 방망이 헤드 윗부분과 나무 상자가 얼마나 단단하게 못질을 해놨는지 퍼억 하는 소리가 났는데도 뒤로 반쯤 꺾이는 수준에서 움직임이 끝나 버렸다.

한정훈은 혹시나 싶어 3구째는 오른쪽 타자석에 놓인 방망이를 겨냥했다.

이번에도 공은 원하는 데로 제대로 들어갔다. 2구보다는 조금 낮게 제구되어 스위트 스폿 한가운데를 때렸다.

그런데도 방망이는 넘어가지 않았다. 2구째와 마찬가지로 찌걱 소리를 내고는 흉물스럽게 꺾인 채로 버티고 섰다.

'하아……. 이젠 웃음도 안 나온다.'

한정훈이 고개를 절레절레 흔들어 댔다.

김대수가 이기면 안 된다고 신신당부를 할 때 알아봤어야 했는데 애당초 이기지 못하도록 계획을 세워놓고 있었던 모양이었다.

양 타자석에 기울어진 방망이는 조금만 더 노력한다면 얼마든지 쓰러뜨릴 수 있었다.

문제는 그다음이다. 몇 개 남지 않았을 공으로 투구 거리보다 더 멀리 떨어진 위치에 놓인 방망이를 연달아 적중시킨다는 게 말처럼 간단한 일이 아니었다.

홈 플레이트에 놓였던 방망이와 좌우 타자석에 위치했던 방망이의 거리는 실제 투구 거리와 큰 차이가 없었다.

그래서 제구적인 측면에 신경을 쓸 수 있었다.

반면 타자석 바깥으로 늘어선 방망이들은 달랐다.

미묘하게 늘어나는 거리도 문제지만 각도상 투수판을 완전히 어긋나게 밟아 대각선으로 던져야 하는데 그런 이색적인 투구가 공 하나만으로 적응이 되진 않을 것 같았다.

이 상황에서 한정훈이 할 수 있는 최선은 일단 공 2개로 반쯤 넘어뜨린 방망이를 완전히 쓰러뜨리는 것이다.

그렇게 될 경우 5개의 공을 가지고 1개 이상의 방망이를 노릴 수 있었다.

5개의 공 중 방망이를 쓰러뜨리는 데 3구를 배정한다면 2구 정도는 연습 투구 삼아 던져 볼 수 있었다.

하지만 만약에 기운 방망이를 정리하는 데 2개 이상의 공을 던진다면 이야기는 달라진다.

예상보다 2개만 늘어나도 연습 투구 없이 곧바로 다음번 방망이를 맞춰야 하는 부담을 피하기 어려워진다.

'공 하나로 끝내야 해. 어떻게든.'

한정훈이 질근 입술을 깨물었다. 그리고 공을 단단히 손에 쥐었다.

하지만 곧바로 투구 동작에 들어가지 못했다.

방망이의 기운 방향과 고정된 정도를 놓고 봤을 때 포심 패스트볼을 던져서는 답이 없을 것 같았다.

아주 제대로 골탕을 먹이기로 작정을 했던지 제작진은 못을 아무렇게나 박지 않았다.

한정훈이 공을 던질 각도까지 감안해 못을 방향성 있게 때려 박았다.

좌우 변화가 크지 않는 포심 패스트볼로는 방망이를 뿌리 뽑기 어려울 것 같았다.

'안전하게 포심으로 가? 아니면 투심을 한 번 던져 봐?'

한정훈은 잠시 고민했다. 2구 이상 던질 각오로 동점을 확보할 것인가.

아니면 김대수와 안성민의 콧대를 꺾기 위해 모험을 해볼 것인가.

쉽지 않은 상황이었지만 생각보다 고민은 길지 않았다.

특히나 이렇게 단단히 약이 오른 상황에서 한정훈의 선택은 주로 모험 쪽이었다.

'굳이 손에 익지 않는 투심 그립을 쥘 필요는 없어. 재훈이 형 말처럼 익숙하게 포심 그립을 잡은 뒤에…….'

잠시 공을 돌려대던 한정훈은 범용적인 투심 패스트볼 그립을 대신해 변형된 포심 패스트볼 그립을 손에 쥐었다.

아직 제대로 던져 본 적은 없지만 매번 손에서 빠지는 듯한 느낌을 주는 일반 투심 패스트볼보다는 확실히 손에 익었다.

물론 아직 완성되지 않은 투심 패스트볼로는 큰 무브먼트를 주기 어려웠다.

하지만 방망이의 기운 면이 아니라 그 측면을 강하게 때려 줄 수만 있다면, 한 방에 방망이를 뿌리 뽑을 수 있을 것 같았다.

"후우……."

길게 숨을 고른 뒤 한정훈이 있는 힘껏 공을 던졌다.

후아앗!

긁히는 날은 뭘 던져도 잘 들어간다는 속설은 이번에도 통용되었다.

손끝을 빠져나온 공이 한정훈이 머릿속에 그린 궤적과 거의 흡사하게 꿈틀대며 뻗어 나간 것이다.

타앙!

공에 옆구리를 얻어맞은 방망이가 더는 버티지 못하고 바깥으로 튕겨져 나갔다.

"한정훈 선수! 두 번째 방망이를 쓰러뜨립니다!"

이상빈이 기다렸다는 듯이 소리쳤다. 뒤이어 한정훈의 입가로 환한 웃음이 걸렸다.

'이거야. 이 느낌이야!'

한정훈이 뜨거워진 눈으로 손끝을 내려다보았다.

지금껏 수백여 개의 투심 패스트볼을 던지며 간질여 놓았던 손가락 끝이 처음으로 찌릿해지는 기분이었다.

'잊어버리기 전에 하나 더!'

한정훈은 곧장 바구니에서 공을 꺼내 오른쪽 타자석을 노렸다.

타가강!

못에 박힌 밑동 쪽을 대각선으로 얻어맞은 방망이가 요란스럽게 튕겨져 나갔다.

이로서 세 개째.

한정훈과 김대수의 희비가 엇갈리는 순간이었다.

5

최종적으로 한정훈은 6개의 방망이를 넘어뜨렸다.

남은 5구로 3개의 방망이를 더 쓰러뜨린 것이다.

"나이스!"

정확하게 정답을 맞춘 이훈재가 자리에서 벌떡 일어나 두 손을 뻗었다.

반면 한정훈이 하나만 더 쓰러뜨리길 두 손 모아 바랐던 러블리는 울상을 지었다.

"1등을 한 이훈재 씨에게 최고급 한우 선물 세트 드리겠습니다!"

MC 이상빈이 직접 커다란 한우 세트를 이훈재에게 전달했다.

"이거 한정훈 선수하고 같이 구워 먹겠습니다!"

이훈재가 한정훈을 향해 한우 세트를 들어 올렸다.

하나 더 쓰러뜨릴 수도 있었을 텐데 한정훈이 자신을 위해 일부러 6개에서 멈췄다고 생각한 것이다.

하지만 이훈재는 한정훈이 하나를 더 쓰러뜨리기 위해 정말 애를 썼다는 사실은 알지 못했다.

'러블리한테 미안하네. 아직 신인이라 고기가 고팠을 텐데.'

한정훈이 아쉬움을 삼키며 무대를 내려갔다. 그리고 잠시 후 두 번째 무대가 준비됐다.

"이번 경기는 말이죠. 짜잔! 이겁니다. 번호판 맞추기 게임!"

김대수가 야심차게 준비한 두 번째 게임은 야구공을 던져 번호판을 맞추는 것이었다.

그것도 단순히 많은 번호판을 맞추는 게임이 아니었다.

MC가 지목한 한 명의 게스트가 번호를 부르면 그 번호판을 맞춰서 넘어뜨려야 했다.

"복면 선수는 스톤 멤버들과 이훈재 씨가 돌아가면서 번호를 불러주세요~"

이상빈이 MC 재량으로 조를 짰다.

남자 출연자들은 전부 복면 선수 쪽에 배정했다. 그리고 여자 출연자들이 한정훈을 돕기로 결정됐다.

한정훈과 복면 선수는 15구 이내에 더 많은 번호판을 맞추는 쪽이 이기는 게임이었다.

그리고 게스트들은 자신들이 호명한 번호판을 선수가 맞추면 점수를 얻는 방식으로 경쟁했다.

그렇다 보니 이훈재와 스톤 멤버 모두 복면 사내가 잘 맞출 수 있는 번호부터 불러대기 시작했다.

"13번이요!"

가장 먼저 기회를 얻은 이훈재가 13번을 외쳤다.

총 25칸(5×5)으로 구성된 번호판 중 13번은 스트라이크존 한가운데였다.

잠시 호흡을 가다듬은 뒤 복면 사내가 있는 힘껏 공을 던졌다.

타앙!

공이 철제 프레임을 강하게 때렸다. 그 충격으로 12번과 13번이 동시에 떨어졌다.

"이훈재 씨, 이건 성공인가요, 실패인가요?"

상황이 애매해지자 이상빈이 이훈재를 바라보며 물었다.

출연자들 중에서 경험이 가장 많은 이훈재라면 방송이 원하는 대답을 해줄 것이란 기대 때문이었다.

그리고 이훈재는 그런 이상빈의 기대에 철저하게 부응했다.

"당연히 성공이죠. 13번 번호판 떨어졌잖아요?"

한정훈에게는 미안한 일이지만 선물이 걸린 일이다 보니 복면 사내를 두둔할 수밖에 없었다.

이후에도 복면 사내의 행운은 계속됐다.

총 15개의 공 중 4개가 철제 프레임을 때렸고 그 충격으로 3번이나 호명된 번호판이 떨어진 것이다.

최종 성적은 11개.

"선방했네."

입가에 미소를 띤 복면 사내를 바라보며 한정훈이 피식 웃었다.

구속과 구위에 비해 제구력은 떨어진다는 평가를 받은 안성민치고는 나쁘지 않은 결과였다.

"이젠 나한테 어떤 장난질을 치느냐인데."

한정훈이 슬쩍 고개를 돌렸다. 그러다 스태프 넷이 달라붙은 커다란 번호판을 보고는 고개를 흔들어 댔다.

"허……! 나보고 저걸 맞추라고?"

번호판의 크기는 안성민이 맞췄던 것과 별반 차이가 없었다.

문제는 숫자.

1부터 25번으로 구성된 안성민의 번호판과는 달리 스텝들이 가져온 번호판은 마지막 숫자가 49였다.

7×7 사이즈.

여기에 이상빈은 한정훈에게 한 가지 페널티를 더 추가했다.

"한정훈 선수는 프로니까 정확하게 번호판을 맞춰서 넘기는 것만 인정하도록 하겠습니다."

번호판이 늘어나면서 프레임이 차지하는 범위도 늘어났다.

과녁이 작아지다 보니 제구에 신경 쓸 수밖에 없었다.

하지만 한정훈은 대수롭지 않게 고개를 끄덕거렸다.

머릿속으로 스트라이크존을 분할한 뒤 번호를 붙이고 공을 던지는 건 중학교 시절부터 자주 해왔던 연습이었다.

"번호판이 많아졌다고 해도 어차피 가운데 9개는 스트라이크존이니까. 여기만 1차적으로 공략해도 승산은 충분해."

밸런스만 흔들리지 않는다면 스트라이크존 공략은 언제나 자신 있었다.

한정훈은 가벼운 마음으로 마운드 위에 섰다.

앞서 이훈재와 스톤이 하는 걸 지켜봤을 테니 여자 출연자들도 알아서 가운데 번호를 선택해 줄 것이라 기대하며.

하지만 가장 먼저 마이크를 잡은 설아가 내뱉은 번호는 7번이었다.

"7번이요?"

"네, 저희 멤버가 7명이거든요."

"아, 그래서 7번? 멤버들을 아끼는 마음, 보기 좋습니다."

이상빈의 목소리가 마이크를 타고 울렸다. 동시에 한정훈의 표정은 살짝 일그러졌다.

'저 많은 번호 중에 왜 하필 7번인 거야!'

7번은 오른쪽 가장 높은 위치에 붙어 있었다. 오른쪽 타석에 타자가 들어왔다고 가정했을 때 머리 쪽 위치였다.

어지간해서는 빈볼을 던지지 않는 한정훈에게는 확실히 낯선 위치였다.

아니, 빈볼을 자주 던지는 투수라 하더라도 타자 머리로 향하는 공을 고의로 던지기란 쉽지 않았다.

하지만 한정훈은 이내 마음을 다잡았다. 그리고 머릿속으로 마땅한 대상을 골랐다.

'후우, 헤드 샷이라. 그럼 이브라임, 그 자식이 딱이지.'

한정훈이 미국전에서 상대했던 기이한 타격 폼의 타자 이브라임을 떠올렸다.

그러자 상상 속의 이브라임이 이죽거리며 홈 플레이트 쪽에 바짝 붙어 섰다.

첫 타석 때 한정훈을 도발해 무너뜨리려던 그 모습 그대로 말이다.

'잘됐네.'

한정훈이 씩 웃었다.

솔직히 그 당시 머리 쪽으로 빈볼을 던지고 싶었던 걸 꾹 참았었는데 이런 식으로나마 되갚아주는 것도 나쁘진 않을 것 같았다.

천천히 숨을 고른 뒤 한정훈은 이브라임을 상상하며 공을 내던졌다.

후아앗!

평소보다 높게 제구된 공이 오른쪽 배터 박스 쪽으로 뻗어나갔다. 그리고 정확하게 7번 번호판을 강타했다.

타당!

150km/h에 육박하는 빠른 공에 번호판이 단숨에 뜯겨져 나갔다.

'11개 남았다.'

한정훈이 숨을 고르며 무대 쪽을 바라봤다.

그러자 두 번째로 마이크를 잡은 러블리가 웃으며 번호를 불렀다.

"저희는 3명이니까 3번이요!"

타다당!

한정훈은 가볍게 3번 번호판을 떼어냈다.

홈 플레이트 높은 쪽 볼이다 보니 7번보다 제구하기가 쉬웠다.

"저는 25번 할게요."

마지막으로 마이크를 쥔 김연정은 한가운데 번호판을 불렀다.

옆에서 이훈재가 씩 웃는걸 봐서는 언질을 준 모양이었다.

덕분에 한정훈도 여유롭게 공을 던질 수 있었다.

그렇게 12번의 투구로 한정훈은 11개의 번호판을 맞춰 냈다.

설아와 러블리가 계속해서 이상한 번호들을 불러댔지만 손에서 긁힌 공은 대부분 원하는 방향으로 날아갔다.

놓친 번호는 44번 하나뿐이었다.

평소 잘 던지지 않는 낮은 코스라 포심 패스트볼 대신에 변형 체인지업을 던졌는데 공이 덜 떨어지면서 38번을 맞춰 버리고 말았다.

하지만 한정훈은 그 공을 실투라고 여기진 않았다.

실제 게임이었다면 포수가 그런 말도 안 되는 코스로 공을 요구하지 않았을 테니까 말이다.

"한정훈 선수, 대단합니다! 공이 3개가 남았는데 벌써 11개를 맞췄습니다. 복면 선수와 동률입니다!"

한정훈의 놀라운 제구 능력에 이상빈이 흥분을 감추지 못했다.

그럴수록 김대수의 얼굴은 새까맣게 타들어 갔다.

"젠장! 저 자식은 뭘 저렇게 잘하는 거야?"

번호판 맞추기 게임은 과거에도 야구 선수들이 여러 차례 도전했던 게임이다.

하지만 기대만큼 좋은 성적을 낸 선수들은 많지 않았다.

방망이를 든 타자가 아니라 덩그러니 세워둔 번호판을 상대해야 한다는 어색함 때문이었다.

그래서 김대수는 촬영 며칠 전부터 복면 사내에게 게임에 적응할 수 있는 시간을 주었다.

이틀 전에는 아예 경기에 쓸 번호판과 똑같은 걸 연습장에 보내주기까지 했다.

이 정도면 복면 사내가 한정훈을 상대로 압승을 거둬야 옳았다. 하지만 결과는 정반대였다.

연습 때 평균 12개를 맞췄다던 복면 사내는 프레임 보너스까지 더해 11개에 그쳤다.

카메라 앞이고 환경이 바뀐 걸 감안했을 때 충분히 만족스러운 결과였다.

반면 오늘 처음 이 게임을 접했을 한정훈은 12개를 던져 11개를 맞춰 버렸다.

그리고 조금 전 설아가 부른 16번을 쓰러뜨리며 기어코 복면 사내를 넘어섰다.

"한정훈 선수! 승리이이이!"

이상빈의 쩌렁쩌렁한 목소리가 마이크를 타고 울렸다.

김대수는 그제야 뭔가가 단단히 잘못됐다는 사실을 깨달았다.

이만하면 준비도 완벽했다. 복면 사내가 연습만큼 해주지 못했지만 그건 충분히 예상했던 일이다.

그래서 한정훈에게 말도 안 되는 페널티까지 주면서 게임을 끌고 갔다.

그런데도 졌다. 이건 애당초 한정훈이라는 선수에 대한 판단 자체가 잘못됐다는 소리나 마찬가지였다.

'저 녀석, 엄청나잖아. 뭐? 운 좋게 특별 지명된 거라고? 이 새끼들. 사람을 우습게 알아도 유분수지!'

김대수가 질근 입술을 깨물었다.

그들은 분명 한정훈이 경쟁자가 없어서 특별 지명을 받았다고 말했다.

그리고 야구 실력에 비해 후원으로 과대 포장됐다고 깎아내렸다.

스포츠에 별 관심이 없던 김대수는 그들의 말을 곧이곧대로 믿었다. 그래서 그들의 제안을 받아들였다.

개인적으로 한정훈에 대한 원한도 있었다.

한정훈이 JBS 오늘의 뉴스에 출연하면서 김대수가 연출하던 연예 차트쇼가 폐지됐기 때문이다.

물론 연예 차트쇼는 몇 개월 전부터 불안 불안한 상태였다. JBS의 오늘의 뉴스에 밀리고 다른 공중파 채널의 드라마에 치이며 5퍼센트대 시청률밖에 내지 못하고 있었다.

결국 상부로부터 한 달 이내에 시청률을 회복시키지 못할 경우 폐지 대상이 될 거란 최후통첩이 내려오자 김대수는 급한 마음에 한정훈을 섭외하기로 마음먹었다.

당시 후원 천사 이미지로 한창 주가를 올리고 있는 만큼 반짝이나마 시청률을 끌어올려 줄 수 있을 것이라 계산한 것이다.

하지만 한정훈 측은 TV 출연에는 관심이 없다는 의사를 밝혔다.

집요하게 출연을 요청해 봤지만 소용없었다. 김대수도 고민 끝에 손에 쥔 한정훈 카드를 내려놓았다.

그런데 바로 며칠 뒤에 한정훈이 경쟁 프로그램인 JBS 오늘의 뉴스 속 금요 명사 초대석에 떡하니 출연하면서 연예 차트쇼를 살리려던 김대수의 노력이 물거품이 되고 말았다.

한정훈 단독 인터뷰로 대박이 난 오늘의 뉴스는 시청률 폭등.

그 파편을 제대로 얻어맞은 연예 차트쇼는 시청률 1.7퍼센트로 폭락.

마지노선이었던 5퍼센트를 한참 밑도는 처참한 성적이 나오자 연예 차트쇼는 곧바로 폐지 수순을 밟게 됐다.

김대수가 조금만 시간을 달라고 머리를 숙였지만 결정은 번복되지 않았다.

결국 김대수는 먹고살기 위해 추석 특집 프로그램을 기획

해야 하는 처지에 몰리고 말았다.

이런 상황에서 한정훈에게 개인적인 복수도 하고 시청률도 잡을 수 있다는 판단에 그들의 제안을 냉큼 받아들인 것이다.

하지만 결과는 예상을 완전히 빗나가 버렸다.

'이걸 방송에 내보내면…… 한정훈 특집 쇼가 되겠지.'

김대수가 고개를 절레절레 흔들어 댔다.

아마 시청률은 괜찮게 나오겠지만 당초의 목표와 그들과의 약속을 감안했을 때 이대로 방송에 내보내기가 어려운 상황이었다.

그때였다.

지이잉. 지이잉.

테이블 위에 올려놓은 핸드폰이 요란스럽게 울어대기 시작했다.

발신인을 확인한 김대수가 잔뜩 이맛살을 찌푸렸다.

하성우 실장.

이 모든 걸 기획한 장본인의 전화였다.

마음 같아선 통화 버튼을 누르고 단단히 따지고 싶었다.

누구 망하는 꼴 보려고 이런 일을 시켰냐며 한바탕 쏟아내고 싶었다.

하지만 대기업 실장에게 싫은 소리를 할 정도로 김대수는 간담이 크지 못했다.

"젠장할!"

김대수가 마지못해 핸드폰 통화 버튼을 눌렀다.

그리고 언제 그랬냐는 것처럼 얼굴 가득 비굴한 웃음을 띠었다.

6

베이스 볼 61에서 때 아닌 예능 촬영이 한창일 무렵.

부명그룹 홍보 기획실에는 세 명의 사내가 모여 앉아 담소를 나누고 있었다.

부명그룹 홍보 기획실장 하성우.

KBA 홍보팀장 최병곤.

성한 물산 전무 안광희.

직업도 나잇대도 전혀 달랐지만 세 사람에게는 딱 한 가지, 공통점이 있었다.

바로 한정훈.

한정훈 때문에 인생이 꼬인 이들이었다.

뛰어난 기획력과 추진력으로 승승장구해 온 하성우는 부명그룹 내에서도 핵심 브레인으로 통했다.

하지만 하성우는 그 정도에서 만족하지 않았다.

목표인 부명그룹 최연소 사장단에 들어가기 위해 다들 꺼려하는 12구단 창단을 떠맡았다.

연고지를 전주로 정하고 11구단 창단 기업인 정한그룹을 맹추격할 때까지만 해도 역시 하성우라는 평가가 쏟아져 나왔다.

스톰즈의 한정훈 우선 지명권을 우선 협상권으로 바꾼 것도 하성우가 물밑 작업을 한 덕분이었다.

그만큼 하성우는 스타즈(12구단 명칭)에 모든 걸 걸었다.

스타즈를 제대로 프로 야구에 데뷔시키기만 한다면 그룹의 요직에 앉는 건 문제없다고 확신했다.

거의 모든 게 하성우의 판단과 계획대로 진행되고 있었다.

일각에서는 하성우가 나선 이상 한정훈이 스톰즈가 아닌 스타즈에 입단하게 될 거라는 말까지 나돌았다.

스톰즈를 이끄는 박현수 팀장도 물론 훌륭했지만 객관적으로 하성우의 상대가 되기 어렵다는 게 중론이었다.

스톰즈의 우선 지명권을 막는 데 성공하면서 하성우는 한정훈을 반쯤 손에 넣었다고 확신했다.

그리고 나머지 반을 얻기 위해 우선 협상권도 무시하고 곧바로 한정훈 부모의 자택을 찾았다.

한정훈만 영입할 수 있다면 설사 KBO에서 중징계를 내린다 해도 아쉬울 게 없었다.

뒤늦게 베이스 볼 61에서 단체 메시지가 날아왔지만 하성우는 코웃음만 쳤다.

어차피 최종 결정권은 선수가 아니라 부모에게 있었다.

그리고 대부분의 부모는 눈앞에 놓인 황금 덩어리를 쉽게 뿌리치지 못했다.

'박현수가 무슨 짓을 하더라도 먼저 계약서에 사인을 받아 낸다!'

하성우는 자신만만하게 한정훈 부모의 집 안으로 들어갔다. 하지만 한정훈의 부모는 좀처럼 말이 통하지 않는 상대였다.

"글쎄요. 이건 저희 아이하고 이야기를 하셔야 할 것 같은데요."

"그래도 부모님께 먼저 승낙을 받는 게 예의 아니겠습니까?"

"야구는 저희 아이가 하는 거죠. 안 그래요, 여보?"

"크흠, 그렇지. 계약 문제는 정훈이 녀석하고 이야기하시오."

하성우가 계약금을 슬금슬금 올리며 미끼를 내던져 봤지만 상황은 달라지지 않았다.

오히려 자식을 가지고 장사할 생각 없다는 호통을 받고 쫓겨나야만 했다.

"일단 한 번 튕겨보시겠다 이거지?"

빈정이 상한 하성우도 곧장 본사로 돌아왔다. 감정이 격해진 이상 시간이 필요하다고 여겼다.

설마하니 그사이에 한정훈이 정한과 구두 계약을 해버릴 것이라고는 생각지도 못한 채 말이다.

게다가 멍청한 직원이 베이스 볼 61에 계약 내용까지 전송하면서 일이 더 커져 버렸다.

계약금 25억에 회당 2억 이상의 광고 출연 2회를 보장한 부명그룹은 계약 실패.

계약금 30억을 제안한 정한그룹은 계약 성공.

하성우를 견제하는 이들은 세부적인 차이를 들여다보지 않았다.

어떻게 비슷한 가격을 제안하고 정한그룹에 질 수 있느냐며 하성우를 질타했다.

하성우가 이성적으로 해명했지만 그 정도로는 임원들의 실망감을 달래지 못했다.

자연스럽게 코앞까지 다가왔던 사장 승진도 물 건너가 버리고 말았다.

"한정훈, 이 자식!"

하성우는 빠득 이를 갈았다. 그리고 이 치욕을 되갚아줄 때가 오기만을 벼르고 별렀다.

그러다 한정훈이 억대 후원을 통해 이미지 쇄신을 노리자 기자들을 총동원해 한정훈 띄워주기에 나섰다.

감당할 수 없을 만큼 높게 띄워 올린 뒤에 한 방에 고꾸라뜨리기 위해서였다.

하지만 영악한 한정훈이 금요 명사 초대석에 출연하면서 복수 계획도 수포로 돌아가고 말았다.

뒤늦게 후원 금액 문제로 여론을 조장해 봤지만 소용없었다.

오히려 솔직하게 사실을 고백한 한정훈에 대한 호감도만 높아질 뿐이었다.

"박현수인가? 아니면 박찬영? 대체 누가 한정훈을 돕고 있는 거지?"

하성우는 주먹을 움켜쥐었다.

고작 고등학교 2학년 야구 선수 하나 제 뜻대로 어쩌지 못한다는 생각에 화가 치밀어 올랐다.

그러나 애석하게도 당장은 방법이 없었다.

후원 자작극을 통해 정한그룹과 우호적인 여론의 지지까지 받게 된 한정훈은 더 이상 만만한 상대가 아니었다.

"후우……. 침착하자."

하성우는 애써 분을 가라앉혔다.

그리고 특유의 기획력으로 한정훈의 이미지를 망가뜨릴 수 있는 방법을 찾기 위해 머리를 굴렸다.

하성우는 일단 자신을 대신해 움직여 줄 장기말을 물색했다.

그리고 어렵지 않게 김대수를 찾아냈다.

한정훈 때문에 자신의 프로가 망했다며 공공연하게 떠들고 다니는 문제의 PD를 말이다.

김대수의 이력을 살핀 하성우는 흡족한 미소를 지었다.

여러 프로그램을 말아먹어 놓고도 인맥을 총동원해 방송계에서 버티고 있는 김대수의 생존 방식도 호감이 갔지만 무엇보다 제 눈 밖에 난 출연자는 악마의 편집까지 동원해 매장시켜 버리는 악독함이 마음에 들었다.

하성우는 추석 특집 프로그램을 준비하는 김대수에게 제작비 지원을 미끼로 손을 내밀었다.

그리고 김대수에게 자신이 기획한 시나리오에 대한 전체적인 지휘를 맡겼다.

"어떻습니까? 가능하겠습니까?"

"흠…… 뭐, 가능은 할 것 같습니다. 실제로 비수기 때 예능 프로그램에 출연했다가 게임을 못했다는 이유로 논란에 시달렸던 스포츠 선수들이 적지 않으니까요."

"그래요?"

"네, 어차피 시청자들은 잘 모릅니다. 비수기 때는 선수들도 쉬어야 한다는 사실을요. 그래서 자신들이 보는 것만 믿고 떠들어 댑니다. 그런 목소리들이 모여서 부정적인 루머들이 만들어지는 것이고요. 다만…….

"다만?"

"말씀하신 대로 하려면 확실하게 실력 있는 라이벌을 섭외해야 합니다. 그런데 그런 선수가 있습니까?"

김대수의 추가 주문에 하성우는 곧바로 다음 캐스팅을 준비했다.

한정훈의 라이벌로 써먹을 괜찮은 카드를 떠올린 것이다.

하성우는 비서를 보내 안성민의 부친인 성한 물산 전무 안광희와 접촉했다.

아들의 징계 문제로 체면이 깎인 안광희는 징계 철회에 힘써주겠다는 하성우의 제안을 망설이지 않고 받아들였다.

마지막으로 하성우는 한정훈과 사이가 좋지 않다던 KBA 김태식 부회장을 끌어들이려 했다.

그러나 정계 진출을 바라보고 있는 김태식 부회장은 구설수에 오를 만한 일에 직접 나서는 법이 없었다.

"김태식 부회장님께 전권을 받은 최병곤입니다."

결국 마지막 말은 최병곤으로 채워졌다.

한정훈에 대한 반감은 협회 내에서 김태식 부회장 다음일 테니 최적의 캐스팅이나 마찬가지였다.

판이 짜지자 하성우는 한발 물러나 조율자의 역할에 충실했다.

안광희는 자존심 센 안성민을 설득해 방송에 출연시킨다.

최병곤은 협회를 이용해 한정훈을 방송에 끌어들인다.

김대수는 악마의 재능을 맘껏 이용해 한정훈의 이미지를 깎아내린다.

이것이 하성우가 손에 쥔 말들에 맞춰 만든 시나리오였다.

다행히도 준비는 차질 없이 진행됐다.

특히나 최병곤이 기대 이상으로 활약해 준 덕분에 한정훈과 베이스 볼 61 측에서는 이 같은 사실을 전혀 눈치채지 못했다.

"다음번에는 다 함께 술이라도 한잔 하는 게 어떻습니까?"

차를 얻어 마시는 것으로는 성이 차지 않았던지 최병곤이 웃으며 말을 꺼냈다.

"나쁘지 않네요. 그렇지 않아도 김 피디가 고생 꽤나 했을 텐데 말입니다."

하성우도 싫지 않은 표정을 지었다.

알 것 다 아는 사내들끼리 사무실에 모여 찻잔이나 기울이는 건 솔직히 취향이 아니었다.

최병곤도 하성우도 한정훈의 추락은 기정사실로 여기고 있었다. 김대수의 예능 프로그램 촬영을 베이스 볼 61에서 막지 않았다는 보고가 온 시점에서 상황은 끝난 것이나 다름 없었다.

그러나 신중한 안광희는 생각이 달랐다.

"정말 그런 예능 프로그램으로 되겠습니까?"

안광희는 젊은 애들이나 열광하는 예능 프로그램으로 한정훈을 곤란하게 만들 수 있다는 걸 여전히 이해하지 못했다.

그런 프로그램에 아들 녀석이 출연해 광대놀음을 해야 한다는 사실이 속상하기도 했다.

그러자 최병곤이 냉큼 찻잔을 내려놓으며 안광희를 달랬다.

"그런 예능 프로그램이 아닙니다. 추석 특집 프로그램이잖습니까. 인기 있는 아이돌도 출연하고요. 시청률은 확실히 보장될 겁니다."

"시청률 가지고 말씀드린 게 아니라는 거 잘 아시지 않습니까."

"물론 알죠. 하지만 지금 하 실장님이 노리는 건 한정훈에 대한 좋은 이미지입니다. 그건 대중들이 만든 환상이죠. 그걸 깨뜨리려면 마찬가지로 대중들에게 어필하는 수밖에 없습니다. 이게 바로 거품 한정훈의 진짜 모습이다라고 말이죠."

"하아……."

"답답하신 마음 충분히 이해는 합니다. 성민이의 미래도 있으니까 더 걱정이 되시겠죠. 하지만 시나리오도 잘 뽑혔으니까 좋은 결과 있을 겁니다. 그렇죠? 하 실장님?"

김태식 부회장에게 아부하던 재능을 120퍼센트 살린 최병곤이 하정우에게 마무리를 맡겼다.

"안성민 선수의 징계 철회, 확실하게 지원하겠습니다."

최병곤의 시선을 받은 하정우가 당연하다는 듯이 고개를 끄덕였다.

물론 이번 일이 잘된다면이라는 조건이 붙었지만 그걸 굳이 입 밖으로 내지는 않았다.

"알겠습니다. 믿고 기다리겠습니다."

안광희도 애써 불안함을 되삼켰다. 그런 안광희의 모습이 안쓰러웠던지 최병곤이 핸드폰을 꺼내 들었다.

"그렇게 불안하면 제가 한 번 전화해 보겠습니다."

"아닙니다. 그런 일은 제가 하는 게 낫죠."

하성우가 손을 들어 최병곤을 제지했다.

이 자리에서 김대수의 개인 연락처를 알고 있는 건 자신뿐이었다.

최병곤이 이곳저곳 들쑤시게 하느니 자신이 다이렉트로 물어보는 편이 빠르고 간편했다.

'무슨 일이 있었으면 전화를 했어도 진즉 했겠지.'

김대수에게 전화를 걸면서도 하성우의 표정은 느긋했다.

하지만 한참 만에 전화를 받은 김대수가 전한 현장 상황은 예상과 전혀 다르게 흘러가고 있었다.

"그게 대체 무슨 말입니까? 대체 일 처리를 어떻게 하는 겁니까!"

하성우가 자리에서 벌떡 일어났다.

수억여 원의 제작비를 타 가놓고선 한정훈에게 불리한 상황을 만들어 복면을 쓴 안성민과의 대결에서 패배하게 만들라는, 그 쉬운 미션조차 수행하지 못하다니.

마음 같아선 당장에라도 김대수의 멱살을 잡아 비틀고 싶었다.

그러나 김대수도 할 말은 많았다.

─나중에 촬영본을 보시면 아시겠지만 진짜 할 만큼 했습니다. 그런데도 한정훈이 이겨 버린 걸 저더러 어떻게 하란 말입니까?

김대수가 억울하다는 듯 주절거렸다. 애당초 안성민으로 잡기에는 한정훈이 너무 강했다.

캐스팅부터 잘못됐는데 영화가 마음에 안 든다고 감독 탓만 하는 건 말이 되지 않았다.

하지만 하성우는 일을 망쳐 버린 김대수와 더 이상 통화를 하고 싶은 마음이 없었다.

"촬영 중단하세요. 지원한 제작비 대신 촬영본 회수하겠습니다."

하성우가 제 할 말만 하고 일방적으로 전화를 끊어버렸다. 그러고는 신경질적으로 방을 박차고 나갔다.

이런 상황에서 불안한 눈으로 자신을 바라보는 안광희를 마주 볼 자신이 없었던 것이다.

"괜찮을 겁니다. 촬영본 회수한다고 하니까 그냥 없던 일이 됐다라고 생각하세요."

최병곤이 마지막까지 하성우를 두둔했다.

그러나 애석하게도 한정훈은 이대로 촬영이 없던 게 되도록 내버려 둘 생각이 없었다.

7

"빌어먹을!"

하성우와 통화를 마친 김대수는 서둘러 촬영을 끝마쳤다. 예정된 세 번째 경기는 그대로 날려 버렸다.

한정훈이 두 경기를 먼저 이겨 버린 탓에 세 번째 경기를 치를 명분도 없는 상황이었다.

"드디어 끝났군."

촬영 종료 소식을 전해 들은 한정훈도 홀가분하게 마운드에서 내려왔다.

바로 그때 스톤 멤버들이 한정훈에게 우르르 달려왔다.

"한정훈 선수, 괜찮으면 우리끼리 술 한잔 할래요?"

스톤의 리더 안정혁이 한정훈의 앞을 가로막으며 말했다.

"······?"

갑작스런 제안에 한정훈이 어이없다는 눈으로 안정혁을 똑바로 바라봤다.

그러자 옆에 있던 멤버 송영기가 냉큼 둘 사이에 끼어들었다.

"오늘 우리 혁이 형 생일이거든요. 그래서 오늘 촬영한 출연자들하고 간단하게 생파 하려고요. 한정훈 선수도 같이 가요. 물 좋은 데 알고 있거든요."

송영기가 실실 웃으며 한정훈의 팔을 잡아당겼다.

그렇게 하면 한정훈이 못 이기는 척 따라올 것이라 여긴 모양이었다.

하지만 한정훈은 이들과 섞여 놀아줄 여력이 없었다.

겉으론 멀쩡해 보일지 모르겠지만 연달아 말도 안 되는 게임을 치른 덕분에 심신이 지친 상태였다.

게다가 오후에는 서재훈과 훈련이 잡혀 있었다.

오늘 촬영 중에 감을 잡은 투심 패스트볼을 본격적으로 연마하기 위해서라도 휴식을 취해 줄 필요가 있었다.

"미안하지만 오늘은 안 되겠네요."

한정훈은 매정하게 송영기의 팔을 뿌리쳤다. 그러자 자존심 강한 안정혁도 홱 하고 몸을 돌려 버렸다.

"뭐야, 형. 이렇게 가면 어떻게 해?"

송영기가 냉큼 안정혁을 뒤쫓아 갔다.

"어떻게 하긴 뭘 어떻게 해? 저 새끼가 싫다잖아?"

"그래도 어떻게든 데려가야지. 사장님이 야구 선수랑 끝나고 꼭 뒤풀이하라고 하셨잖아!"

"시팔. 몰라, 나도."

"형! 아, 진짜!"

성질을 내며 가버리는 안정혁을 바라보며 송영기가 이맛살을 찌푸렸다.

소속사 사장은 함께 출연한 야구 선수가 인기가 높은 만큼 함께 술을 마시고 친분을 다지라고 신신당부를 했다.

그 대가로 흔쾌히 자신의 신용카드까지 건네줬다.

사장이 준 카드를 맘껏 긁으려면 야구 선수를 어떻게든 끌고 가야 했다.

하지만 안정혁은 한정훈을 초대할 마음이 없어 보였다. 한정훈도 잠깐 사이에 어딜 갔는지 보이질 않았다.

그때였다.

"야, 쟤 안성민 아냐?"

야구에 관심이 많은 멤버 유광민이 놀란 목소리로 주절거렸다.

"안성민? 혹시 야구 선수야?"

"넌 잘 모르겠지만 원래 한정훈만큼 유명했어."

"그래?"

잠시 고심하던 송영기가 냉큼 타깃을 바꿨다.

사장은 야구 선수와 함께 뒤풀이를 하라고 말했다.

그 야구 선수가 누구인지 정확하게 지정해 주지는 않았다.

눈 가리고 아웅 하는 식이었지만 짠돌이 사장을 제대로 벗겨먹을 수만 있다면 꿩 대신 닭도 나쁠 것 같진 않았다.

"광민아, 네가 가서 같이 놀자고 그래."

"내가?"

"그래, 야구는 네가 빠삭하잖아. 대신 꼭 데려와야 해. 알지? 사장님이 말씀하신 거."

"오케이, 나만 믿어!"

유광민이 호언장담하며 안성민에게 다가갔다. 그리고 잠시 후, 송영기를 향해 엄지손가락을 들어 올렸다.

"됐어! 오늘 맘껏 달리자!"

사장이 준 미션을 성공했다고 생각한 송영기와 멤버들이 키득거리며 웃어댔다.

그렇게 하성우가 준비했던 마지막 한 수마저 비틀려 버리고 말았다.

같은 시각.

"한정훈 선수, 정말 고생 많으셨습니다."

사무실로 올라간 한정훈을 박찬영과 직원들이 맞았다.

"이거 제대로 촬영이 됐는지 모르겠어요."

한정훈이 모자를 벗어서 직원에게 내밀었다.

그러자 직원이 모자 챙 안쪽에 붙은 초소형 카메라를 조심스럽게 떼어냈다.

"중간중간에 메모리 카드 교환하면서 확인해 봤는데 비교적 잘 찍혔습니다. 건질 것도 많았고요. 그러니까 걱정 안 하셔도 됩니다."

박찬영이 씩 웃으며 말했다. 박찬영의 지시를 받은 직원들은 벌써 영상 편집 작업까지 끝마친 상태였다.

"진짜 한정훈 선수는 보살이에요."

"맞아요. 이런 대우를 받고 어떻게 꾹 참을 수가 있어요?"

영상을 본 직원들이 하나같이 흥분을 감추지 못했다.

인기 있는 예능 프로그램마다 악의적인 편집으로 시청률을 올리는 게 일반적이라고는 하지만 이 정도일 줄은 예상하지 못했던 모양이었다.

"에이, 뭘요. 중간중간에 혼자 울컥하고 그랬잖아요."

한정훈이 멋쩍게 웃었다.

혼잣말로 욕지거리를 내뱉는 것만 수도 없이 잡혔을 텐데 보살이라는 평은 과분했다.

하지만 박찬영은 직원들의 말에 전적으로 공감하는 모양

이었다.

"아닙니다. 정말 잘 참으셨습니다. 한정훈 선수가 잘 대처하지 않았다면 꼼짝없이 당할 뻔했습니다."

처음 한정훈이 초소형 몰래 카메라를 가져다 달라고 했을 때만 해도 솔직히 걱정이 많았다.

방영일이 열흘 넘게 남아 있는 프로그램의 도촬 영상을 찍어도 괜찮나 싶었던 게 사실이었다.

하지만 지금은 정말 다행이라는 생각이 들었다.

이렇게라도 영상을 찍어놓지 않았다면 철저하게 편집의 희생양으로 전락할 뻔했으니 말이다.

"박 단장님은 뭐라고 하세요?"

한정훈이 박찬영을 바라보며 물었다. 프로그램 촬영 전 한정훈이 박찬영에게 세 가지를 부탁했다.

첫째는 몰래 카메라를 준비해 줄 것.

둘째는 해당 방송사에 연락을 해서 예능 프로그램 촬영 협조 조건으로 개인 PR 영상 촬영 허락을 받을 것.

그리고 마지막 셋째는 스톰즈 구단을 통해 해당 영상을 공개해 줄 것.

앞선 두 가지는 박찬영의 선에서 해결이 가능했다. 하지만 마지막 세 번째는 달랐다.

스톰즈 구단과 정한그룹이 불필요하다 여긴다면 계획대로

일을 키우기가 어려웠다.

그러자 박찬영이 대답 대신 빙긋 웃어 보였다.

그때였다.

지이이익!

자동문이 열리더니 사무실 안으로 박현수 단장과 김일도 사장이 허겁지겁 달려들어 왔다.

"한정훈 선수! 벌써 촬영은 끝난 겁니까?"

김일도 사장이 시뻘게진 얼굴로 물었다.

표정을 보아하니 영상을 확인하기가 무섭게 곧장 달려온 모양이었다.

"김 사장님, 촬영은 잘 끝났으니까 숨 좀 돌리세요."

한정훈을 대신해 박찬영이 김일도 사장을 달랬다.

그러나 굳어진 김일도 사장의 표정은 좀처럼 누그러들지 못했다.

어쩌면 당연한 일.

스톰즈의 간판선수를 데려다가 말도 안 되는 예능 프로그램을 찍고 있는데 사장으로서 화를 내는 건 당연했다.

하지만 한정훈이 스톰즈에게 원했던 건 감정적인 대응이 아니었다.

그랬다면 초소형 카메라로 굳이 현장을 촬영하지도 않았을 것이다

"사장님, 여기서 이러실 게 아니라 제 사무실로 가시죠."

일단 흥분을 가라앉힐 필요가 있다고 판단한 박찬영이 씩 씩거리는 김일도 사장을 데리고 밖으로 나갔다.

그사이 한정훈과 박현수 단장은 회의실 의자에 마주 보며 주저앉았다.

"한정훈 선수가 이해해 주세요. 그 영상 보고 사장님이 방 송국으로 쫓아간다는 거 겨우 말렸거든요."

박현수 단장이 한정훈에게 양해를 구했다.

만약 영상을 한정훈이 찍었다는 사실을 알아채지 못했다면 박현수 단장 역시 김일도 사장 이상으로 흥분했을 터였다.

그러자 한정훈이 냉큼 손사래를 쳤다.

"아닙니다. 오히려 사장님까지 신경 쓰게 해드려서 죄송 합니다."

한정훈은 이 일이 박현수 단장 선에서 마무리되길 희망 했다.

하지만 조직 일이라는 게 그렇게 간단하지가 않았다.

한정훈이 촬영한 영상이 공개될 경우 좋든 싫든 한동안 논 란이 될 수밖에 없었다.

그런 문제를 구단의 사장인 김일도에게 숨길 수는 없는 노 릇이었다.

"어쨌든 이 문제는 제가 직접 나서서 잘 처리하도록 하겠습니다. 그러니 아무 걱정하지 마십시오."

박현수 단장이 애써 웃으며 말했다.

김일도 사장과는 달리 박현수 단장은 한정훈이 원하는 바를 정확하게 알고 있었다.

"알겠습니다. 잘 부탁드립니다."

한정훈도 선선히 고개를 끄덕였다.

사실 영상을 넘긴 그 순간부터 한정훈이 할 수 있는 일은 더 이상 없는 셈이나 마찬가지였다.

아주 잠시간, 두 사람 사이에 침묵이 흘렀다. 그러자 박현수 단장이 냉큼 화제를 돌렸다.

"참, 기쁜 소식이 있습니다. 아직 공식 발표는 나지 않았지만 드디어 감독 자리가 채워질 것 같습니다."

"그래요?"

감독 선임 이야기에 한정훈의 표정이 달라졌다.

그렇지 않아도 신생팀 스톰즈 감독이 누가 될지 궁금했는데 드디어 결정이 난 모양이었다.

본래 스톰즈가 내정한 감독은 국민 감독이라 불리는 김인선이었다.

김인선도 스톰즈에서 지도자로서 마지막 불꽃을 태우기로 마음을 먹은 상태였다.

하지만 평소에도 좋지 않았던 김인선의 건강이 급격히 악화되면서 문제가 생겼다. 병원에서는 노령에 과도한 스트레스는 수명을 단축시킬 수 있다며 건강부터 챙기길 권했다.

정한그룹 내부에서도 김인선 감독이 언제 잘못될지 모른다는 불안함을 감추지 못했다.

결국 김인선은 새로운 감독이 나타날 때까지만 스톰즈 구단을 돕기로 마음을 바꿨다.

그러던 게 감독 선임이 차일피일 미뤄지면서 얼마 전에 끝난 신인 드래프트와 트라이아웃까지 김인선 임시 감독 체제로 버티게 된 것이었다.

"새로 오실 감독님이 누구신가요?"

한정훈이 두근거리는 마음으로 박현수 단장을 바라봤다.

과거의 기억대로라면, 스톰즈의 초대 감독은 외국인이었다.

그것도 한국 야구를 경험한 적이 있는 감독이었다.

하지만 그 사실을 함부로 입 밖에 낼 수는 없는 노릇이었다.

과거와 같은 감독이라 하더라도 아직은 내부 기밀일 테고, 만에 하나라도 과거와 다른 감독이라면 큰 실례가 될 수 있었다.

'어쩌면 국내 감독일지도 모르지.'

과거 스톰즈가 외국인 감독을 선임한 이유는 간단했다. 국내에서 마땅한 적임자를 찾지 못했기 때문이다.

물론 야인으로 남은 야구인들 중에서는 신생팀 감독으로

모시기에 충분한 지도자들이 많았다.

하지만 그들 대부분이 스톰즈의 감독직을 고사했다.

표면적인 이유는 김인선의 자리를 빼앗을 수 없다는 것이었지만 실제 이유는 달랐다.

올 시즌이 끝날 경우 최소 6개의 감독 자리가 공석이 되기 때문이었다.

계약 만료가 되는 감독이 다섯 명.

성적 부진으로 칼바람을 맞을 뻔했던 감독이 둘.

페넌트 레이스 1, 2, 3위를 한 구단을 제외한 모든 구단에서 감독 교체의 여지를 두고 있었다.

이런 상황에서 커리어를 깎아먹으면서까지 신생팀에 들어가려는 지도자들은 많지 않았다.

그나마 스톰즈에 도전장을 내미는 지도자들은 하나같이 초짜들이었다.

어느 정도 지도력을 갖춘 후보들은 이런 저런 핑계를 대거나 지나치게 과한 계약 조건을 요구하는 식으로 스톰즈 감독 제안을 고사했다.

그런데 갑자기 상황이 달라졌다.

국보급 투수로 불리는 선동연을 비롯해 임재박, 김시민 등 명장이라 불리는 지도자 상당수가 스톰즈 감독 자리를 욕심내고 있었다.

이유는 간단했다.

바로 한정훈.

혜성처럼 나타난 한정훈을 잘만 활용한다면 적어도 꼴찌는 하지 않을 것이라는 희망이 여러 지도자의 마음을 움직인 것이다.

한정훈은 가능하다면 과거처럼 외국인 감독이 선임되길 바랐다.

그 편이 1군에서 입지를 다지는 데 유리하다고 판단했다.

다행히도 스톰즈 구단 역시 그 부분을 1순위로 고려했다.

성적도 중요하지만 스톰즈의 스타가 될 한정훈을 제 입맛대로 굴리지 않을 지도자가 필요했다.

그리고 애석하게도 국내에는 그런 지도자를 찾기 어려웠다.

"한정훈 선수도 아실 겁니다. 토미 로이스터 감독입니다."

박현수 단장의 목소리가 살짝 떨렸다. 혹시라도 한정훈이 실망하면 어쩌나 걱정이 됐다.

그러나 정작 환하게 웃는 한정훈의 모습을 보고는 속으로 쾌재를 내질렀다.

자신의 선택이 틀리지 않았다며 말이다.

27장
토미 로이스터

1

스톰즈 구단의 토미 로이스터 선임 소식은 야구계를 뜨겁게 달궈 놓았다.

감독직을 희망하는 국내 지도자들을 놔두고 설마하니 로이스터 감독을 데려오리라고는 예상하지 못한 것이다.

[노 피어의 귀환!]

스톰즈 팬을 비롯한 대부분의 야구팬은 화끈한 메이저리그식 야구를 선보였던 로이스터 감독의 국내 복귀를 반겼다.

하지만 로이스터 감독이 얼마나 좋은 성적을 낼지에 대해서는 의견이 분분했다.

ㄴ한정훈에 로이 감독이면 스톰즈도 최소한 동부 리그 4위는 하겠다.

ㄴ4위라니. 님 스톰즈 무시함?

ㄴ맞아. 한정훈이 20승만 거둬줘도 플레이오프 진출 충분함.

ㄴ한정훈이 20승? 프로야구하고 고교야구하고 같냐?

ㄴ한정훈은 10승만 해도 잘한 거야. 물론 먹튀 소리 안 들으려면 15승은 해야겠지만.

ㄴ한정훈만 잘하면 뭐하냐? 다른 선수들이 엉망인데.

ㄴ로이스터가 마법사도 아니고 뭔 개솔? 야구가 투수 하나로 되냐?

ㄴㅋㅋㅋ 포스트시즌? 왜? 아예 우승한다고 그러지? 아무튼 스톰즈빠들 망상은 알아줘야 한다니까.

ㄴ이러다 한정훈 MVP 탄다는 소리 나오겠네.

ㄴMVP는 개뿔. 한정훈은 06현신 정도만 되어도 감지덕지다.

아직 2017년도 정규 시즌 우승팀조차 결정 나지 않은 상황이었지만 야구팬들은 벌써부터 18시즌을 전망하기 시작했다.

그리고 그 중심에는 스톰즈와 한정훈이 있었다.

일부 극성스러운 안티 팬들을 제외하고 한정훈이 데뷔 시즌 10승을 거둘 것이라는 데 이견을 보이는 이들은 드물었다.

한정훈이 기존 구단에 들어가서 연차에 치인다면 또 모르겠지만 신인 구단 특성상 최소 1년은 선발 자리를 보전해 줄 가능성이 큰 만큼 최소 10승은 충분하다는 의견이 정론처럼 굳어졌다.

물론 세계 청소년 야구 선수권 대회에서 MVP를 수상한 한정훈의 실력만 놓고 보자면 10승이 아니라 15승, 그 이상도 가능할지 몰랐다.

하지만 야구는 투수 혼자서 하는 경기가 아니었다. 한정훈이 한 점도 내주지 않더라도 타자들이 점수를 뽑아내지 못한다면 승리투수가 될 수 없었다.

현재 대다수의 야구팬이 지적하는 스톰즈의 최대 문제는 타격이었다.

각 구단 보호 선수가 26인으로 늘어나면서 각 구단에서 수혈 받은 선수들로는 라인업을 짜는 것조차 힘겨운 상황이었다.

그나마 다행인 건 로이스터 감독의 성향.

죽을 때 죽더라도 화끈한 공격 야구를 지향하는 그의 지도 방식이라면 스톰즈도 제법 분전할 가능성은 있었다.

하지만 야구 고수들은 로이스터가 합류한다 하더라도 스톰즈의 성적에 미치는 영향은 미비할 것이라고 판단했다

ㄴ지금까지 영입된 스톰즈 타자들로 40승이나 거두면 다행이다. 그중에서 한정훈이 10승 이상 챙기면 잘한 거지.

ㄴ로이스터 감독이 능력 있다 쳐도 끽해야 +5승 정도 아냐? 감독 바뀐다고 고교야구 선수가 메이저리그 선수 되냐?

ㄴ솔직히 로이스터 선임은 팀 성적보다 한정훈 케어 차원에서 내린 결정이겠지. 국내 지도자들이야 지들 잘난 맛에 신인들 가르치려 들지만 외국인 감독들은 다르잖아.

ㄴ그나저나 스톰즈는 용병들 암울하겠네. 15년도 위즈 꼴 나는 거 아냐?

"대단하군. 대단해."

출근하기가 무섭게 야구 관련 게시판 의견을 훑던 박현수 단장이 혀를 내둘렀다.

인터넷에 야구 감독 찜 쪄 먹는 야구 고수가 많다는 소문은 들었지만 이건 무서울 정도였다.

로이스터 감독 선임의 이유를 눈치채는 거야 생각만큼 어려운 일은 아니었다.

국내 프로야구계는 아직도 스타 출신 감독들을 우대하는 경향이 있었다.

그리고 스타 출신 감독들과 가장 빈번하게 부딪치는 게 성장 가능성이 큰 신인들이었다.

하지만 로이스터 감독을 선임했기 때문에 용병 수급이 어려워질지 모른다는 예상은 박현수 단장도 움찔하게 만들었다.

실제 구단 내부에서 한정훈과 로이스터 감독에게 과도한 비용을 지불했다는 목소리가 높은 게 사실이기 때문이었다.

스톰즈의 초대 단장으로서 박현수 단장은 로이스터 감독을 최대한 지원해 주고 싶었다.

한정훈과 함께 한 번이라도 우승의 결실을 이루려면 일단 팀을 강하게 만들어 놓아야 했다.

그러나 많은 야구인들이 지적하듯 현재 스톰즈의 전력은 최하위권이었다.

11구단과 12구단이 합류하는 내년부터 프로야구는 양대 리그로 개편된다.

서울 트윈스와 수원 위즈, 인천 와이번즈, 대전 이글스, 광주 타이거즈, 전주 스타즈가 동부 리그 소속이었다.

그리고 스톰즈를 포함해 서울 베어스와 고양 히어로즈, 대구 라이온즈, 부산 자이언츠, 창원 다이노스가 서부 리그로 편성되어 있었다.

데뷔 시즌이지만 박현수 단장은 가능하다면 4위를 하고 싶었다.

당장 포스트시즌에 진출할 전력은 아니니 3위 이상은 무리였다. 그렇다고 당연하다고 꼴등을 하고 싶지도 않았다.

그래서 생각한 게 4위였다.

적어도 4위는 해야 내년에 포스트시즌을 바라볼 수 있을 것 같았다.

그리고 4위로 시즌을 마감하기 위해서는 서부 리그의 나머지 5개 구단 중 둘을 발밑에 깔아야 했다.

하지만 애석하게도 서부 리그에서 스톰즈가 만만하게 볼 수 있는 상대는 단 한 팀도 없었다.

리빌딩에 들어가긴 했지만 4년 연속 정규 시즌과 한국 시리즈를 제패한 대구 라이온즈.

15시즌 우승에 이어 17시즌 또다시 우승을 넘보는 서울 베어스.

창단된 지 5년밖에 안 된 팀이라는 게 믿기지 않을 만큼 엄청난 저력을 선보이는 창원 다이노스.

이 세 팀은 모든 면에서 스톰즈보다 우위에 있었다.

그나마 해볼 만한 건 주전 선수들이 대거 빠져나간 히어로즈와 프런트의 간섭이 심한 자이언츠 정도였다.

하지만 별다른 일이 없고서야 시즌 최종 성적에서 이들 두 팀이 스톰즈보다 밑에 있을 가능성은 매우 낮아 보였다.

그렇다 보니 박현수 단장도 고민이 됐다.

좋은 성적을 기대하기 어려운 올해에 굳이 많은 돈을 들여 가며 몸값 비싼 용병을 데려와야 할 것인가.

아니면 당분간 우승은 포기하고 스톰즈 구단을 프로 야구에 안착시키는 데 주력할 것인가.

어느 쪽으로 결정을 내릴지는 아직 정해지지 않았다.

다만 그 결정은 자신보다 로이스터 감독이 내려주는 게 옳다고 생각하고 있었다.

만약 로이스터가 선수들의 경험을 쌓는 게 우선이라고 말한다면 용병들의 몸값을 대폭 낮출 수밖에 없어진다.

하지만 로이스터가 자신처럼 수년 내에 우승하길 바란다면?

단장 자리에서 잘리는 한이 있더라도 힘을 써볼 생각이었다.

'로이스터 감독은 추석 이후에 입국하기로 했으니까. 그럼 그 전에 한정훈 선수가 준 미션을 수행해 보실까?'

박현수 단장은 기분 전환 겸 홍보팀을 동원했다.

그리고 한정훈이 촬영한 동영상 편집본을 다양한 경로로 유출시켰다.

본래 계획은 방송사에서 한정훈을 시청률을 올리는 미끼로 활용하려 들 때 빵 하고 터뜨리는 것이었다.

하지만 SBC 고위층에서 불방될지도 모른다는 소식을 전해 듣고는 계획을 바꿨다.

한정훈의 바람대로 제대로 뒤통수를 때려 주려면 어떻게든 방송이 되게끔 만들어야 했다.

"번거롭더라도 연기를 피워봅시다."

이슈가 만들어지지 않다 보니 초반에는 반응이 미지근했다.

클릭 수는 꾸준히 늘어갔지만 댓글이 달리거나 동영상이 퍼져 나가지 않았다.

하지만 그것도 잠시.

스톰즈 구단에서 언질을 받은 연예 기자들이 해당 동영상으로 기사를 올리면서 슬슬 관심을 끌기 시작했다.

ㄴ헐. 이거 뭐임? 설아 새로 예능 들어가는 건가?

ㄴ나도 설아 예능 찍었다고 해서 들어와 봤는데 한정훈도 나오나 보네? 야구 게임 같은 거 했나 본데?

ㄴ설마 설아랑 한정훈이랑 엮이고 그러는 거 아니지?

ㄴ시팔! 한정훈! 설아 건드리기만 해봐라. 가만 안 둬!

당초 김대수는 보험용으로 게스트들을 화려하게 섭외했다.

예상만큼 영상이 살지 않으면 게스트들의 팬덤으로 시청률을 만회하려는 계획이었다.

박현수 팀장은 그런 김대수의 잔꾀를 역으로 이용했다.

해당 게스트들의 팬덤을 활용해 기사를 주요 포털 메인으로 보내 버린 것이다.

ㄴ이거 언제 하는 거야?

ㄴ이 프로그램 이름이 뭔가요?

ㄴ소속사에 문의해 보니 추석 특집 파일럿 프로그램이랍니다. 제목은 슈퍼 매치. 근데 아직 방영일 안 정해졌다는데요.

ㄴ말도 안 돼. 추석이 얼마나 남았다고? 지금 즉시 방송국에 전화해서 따집시다!

베이스 볼 61 직원들이 1차 편집한 걸 스톰즈 구단에서 2차 편집하면서 한정훈의 동영상은 더욱 감질 맛나게 변했다.

승부 조작을 주문하는 김대수의 분량은 일단 봉인시켰다.

대신 한정훈이 게스트들과 엮이는 부분만 집중적으로 살렸다.

베이스 볼 61에서 별도로 촬영한 장면까지 더해 일종의 프로그램 PR 영상을 만들어버린 것이다.

그렇다 보니 팬들의 궁금증은 순식간에 증폭됐다.

설아의 목소리가 들리고 김연정이 손을 흔들며 러블리가 활짝 웃고 있는데 대체 무슨 방송을 어떻게 찍었는지 감이 잡히지 않는 것이다.

자연스럽게 팬들의 불만은 방송사로 향했다.

그러자 방송사 측에서는 불방 결정을 뒤엎고 추석 때 슈퍼 매치를 내보내기로 결정해 버렸다.

담당 PD가 촬영 퀄리티의 문제로 방영을 포기했지만 각종 포털 사이트 실시간 검색에서 내려오지 않는 인기라면 내용을 떠나 광고만 팔아도 이익이라고 판단한 것이다.

"나 참, 이러면 안 되는데⋯⋯."

김대수도 어쩔 수 없다며 상부의 뜻을 받아들였다.

어느 소속사에서 촬영본을 흘렸는지는 모르겠지만 이렇게 된 이상 슈퍼 매치를 밀어붙이는 게 나아 보였다.

그러면서도 방송 사실을 극비에 붙였다. 하성우의 귀에 들어가 봐야 좋을 게 없기 때문이었다.

철통 보안 속에 슈퍼 매치는 추석 이틀을 남기고 편집이 끝났다.

폐기하기로 한 촬영분을 방송에 내보내는 만큼 김대수도 신경을 많이 썼다.

한정훈이 비협조적으로 나온 탓에 경기 내용에 손을 대긴 어려웠다.

그래서 자막을 통해 한정훈의 캐릭터를 바꿨다.

한정훈을 예능도 모르는 집요한 승리 집착자로 만들어버

린 것이다.

"이 정도면 할 만큼 했다."

최종적으로 편집본을 확인한 김대수는 조연출에게 뒷일을 맡기고 애인과 함께 괌으로 여행을 떠났다.

이런 저런 항의 전화가 올까 봐 핸드폰은 아예 꺼버렸다.

예능을 찍다 보면 피치 못한 희생은 뒤따르게 마련. 그런 것에 일일이 대응해 봐야 피곤할 뿐이었다.

"당초 계획만큼은 아니어도 한정훈의 이미지도 깎아내렸으니까 하 실장도 만족하겠지."

몰래 빼돌린 제작비로 나흘간 애인과 즐거운 시간을 보낸 뒤 김대수는 한국행 비행기에 몸을 실었다.

그리고 출국장에 내려 여유롭게 핸드폰을 확인했다.

예상대로 핸드폰을 꺼놓은 동안 부재중 메시지와 전화가 수백 통이나 와 있었다. 깨톡도 마찬가지.

이걸 다 확인하다간 날이 샐 것 같았다.

"뭔가 일이 좀 커진 것 같은 기분인데? 바로 방송국으로 들어가? 아니지. 아니야. 이럴 땐 시간이 약이지."

잠시 고심하던 김대수는 조연출에게 전화를 걸었다. 혹시 위에서 찾으면 없다고 둘러대라고 시킬 참이었다.

그러나 김대수의 전화를 목이 빠져라 기다리고 있던 조연출은 전화를 받기가 무섭게 악을 내질렀다.

─지금 어디세요? 왜 이렇게 전화를 안 받아요!

"뭐야? 왜 그래?"

─큰일 났어요! 일단 방송국으로 들어오세요! 빨리요!

"……?"

조연출의 다급한 목소리에서 왠지 모를 불길함을 느낀 김대수가 조심스럽게 슈퍼 매치를 검색했다.

그러다 가장 먼저 떠오른 기사 제목을 확인하고는 입을 쩍하고 벌렸다.

[조작 방송 슈퍼 매치 담당 피디 나흘째 잠적!]

[베이스 볼 61. 조작 방송에 대한 유감 표명.]

[정한그룹. SBC 방송사 광고 철회 가능성 높아.]

[SBC 방송사. 김대수 피디 징계 결정 논의 중인 것으로 알려져.]

"허……."

빠르게 몇 개의 기사 내용을 훑어 내린 김대수가 그 자리에 털썩 주저앉고 말았다.

자신이 자리를 비운 사이에 이런 일이 벌어지리라고는 생각지도 못한 것이다.

게다가 대응이 늦어지면서 불까지 번져 버렸다.

[복면 사내. 징계 중인 안성민으로 밝혀져.]

[영구 징계 안성민. 방송 출연에 이어 스톤 멤버들과 클럽에서 어울려.]

[KBA 즉각적인 해명. 조작 방송 사태와 협회는 무관해. 방송사에 책임을 물을 것.]

스톤 멤버들과 여자들까지 끼고 클럽에서 술 마시는 모습이 SNS에 퍼져 버린 안성민은 재기가 불가능한 상태로까지 몰려 있었다.

거기다 협회에서도 면피용으로 자신을 걸고넘어졌다.

"시팔, 망했다."

김대수가 질끈 눈을 감았다.

최고의 예능 PD가 되어 보겠다는 원대한 꿈을…… 이쯤에서 접어야 할 것 같았다.

2

추석이 지난 이후에도 조작 방송의 여파는 사라지지 않았다.

여전히 주요 포털에서는 한정훈과 슈퍼 매치가 인기 검색어 1, 2위를 다투고 있었다.

그러나 당사자인 한정훈은 그런 반응에 신경 쓸 여력이 없었다.

"자네가 코리안 쇼크인가?"

토미 로이스터.

그가 직접 베이스 볼 61을 찾아왔기 때문이다.

갑작스런 로이스터 감독의 방문에 한정훈은 물론이고 박찬영마저 훈련장으로 뛰어 내려왔다.

그러자 로이스터 감독이 호들갑 떨 것 없다며 손사래를 쳤다.

"우리 팀의 에이스가 될 선수를 보고 싶어서 이틀 일찍 왔습니다. 놀라게 했다면 미안합니다."

수행원으로 따라온 단발머리의 젊은 여자가 로이스터 감독의 말을 통역했다.

그러면서 로이스터 감독이 오는 내내 한정훈 선수를 만날 기대감에 설레 있었다는 사실도 슬쩍 알려주었다.

실제로 로이스터 감독의 얼굴에는 개구진 웃음이 가득했다.

한국에 다시 돌아와 기쁜 것인지, 아니면 한정훈을 만나서 기쁜 것인지는 모르겠지만 기분이 좋아 보이는 것만큼은 분명했다.

그러나 박찬영은 로이스터 감독의 겉모습에 속지 않았다.

로이스터 감독이 정말로 한정훈의 얼굴이나 보려고 이틀 일찍 입국했을 리 없기 때문이었다.

로이스터 감독이 원하는 건 결국 실력 확인.

자신의 두 눈으로 한정훈이라는 투수를 평가하고 싶다는 의미였다.

아니나 다를까.

로이스터 감독이 글러브를 들고 일어선 한정훈에게 다가와 말했다.

"너무 긴장하지 마. 평소 하던 대로 던져. 나는 그냥 멀리서 지켜만 보고 갈 테니까."

통역사가 냉큼 로이스터 감독의 말을 전했다.

통역이 끝나자 로이스터 감독은 씩 웃으며 한정훈의 어깨를 툭툭 두드렸다.

"노 피어. 노 피어."

로이스터 감독이 자신의 유행어를 남기며 보호 철망 밖으로 걸어 나갔다.

그를 대신해 박찬영이 냉큼 한정훈에게 다가왔다.

"한정훈 선수, 내키지 않으면 말씀해 주십시오."

박찬영의 표정은 제법 심각했다.

로이스터 감독의 입장을 이해하지 못하는 건 아니지만 이렇게 무턱대고 찾아와 투구를 강요하는 건 예의가 아니었다.

게다가 한정훈은 새 구종을 손에 넣기 위해 추석도 반납하고 연습에 매진해 왔다.

여러 모로 심신이 지쳐 있을 게 뻔한데 로이스터 감독의 눈에 들기 위해 무리를 하다가 탈이라도 날까 봐 걱정이었다.

"그래, 정훈아. 네가 트라이아웃에 참가한 선수도 아닌데 굳이 부담 가질 필요 없어. 로이스터 감독도 그렇게 꽉 막힌 양반은 아니니까."

한 발 물러서서 상황을 지켜보던 서재훈도 박찬영의 생각에 동의했다.

한정훈의 실력이야 이미 세계 청소년 야구 선수권 대회를 통해 증명이 됐다.

로이스터 감독이 보고 싶다고 해서 굳이 응해줄 필요는 없었다.

'야구를 잘하니까 이런 일도 생기는구나.'

한정훈은 순간 묘한 기분이 들었다.

과거에도 잠깐씩 주목을 받긴 했지만…… 이 정도로 과한 대우를 받는 건 처음이었다.

로이스터 감독은 출국 일정까지 앞당겨 가며 자신을 찾아 왔다. 아마 다른 감독이었다면 구단에 별도의 라이브 피칭을 지시했을 것이다.

그러나 로이스터 감독은 스스로 번거로움을 자처했다. 그만큼 자신을 특별히 신경 쓰고 있다는 소리였다.

그런데도 박찬영과 서재훈은 한목소리로 불만을 늘어놓았다. 사전에 말도 없이 갑자기 찾아오는 건 에이스에 대한 예우가 아니라는 것이었다.

'이거 익숙해져야 하나? 이러다가 막 에이스 병에 걸리고 그러는 건 아니겠지?'

한정훈은 꿈틀거리는 입술을 힘껏 깨물었다.

박찬영과 서재훈은 진지한데 여기서 웃음을 터뜨렸다간 이상한 놈이 될 것 같았다.

그렇다고 에이스랍시고 로이스터 감독과 기 싸움을 벌이고 싶은 생각은 없었다.

박찬영과 서재훈이 걱정하는 것처럼 로이스터 감독이 자신의 실력을 불신해서 찾아온 것이라면, 한정훈도 삐딱하게 굴었을지 몰랐다.

하지만 로이스터 감독이 확신을 얻기 위해 찾아온 것이라면 이야기는 달랐다.

박현수 단장은 로이스터 감독에게 용병 선발에 관한 전권을 줬다고 말했다.

아직 코칭스태프 인선조차 마무리되지 않은 만큼 로이스터 감독의 넓은 인맥을 활용해 쓸 만한 용병들을 물색하는 게 낫다고 판단한 것이다.

아마 로이스터 감독의 머릿속에는 1순위 용병부터 10순위 용병까지, 상당한 영입 리스트가 들어 있을 것이다.

그들을 놓고 박현수 단장과 협의하려면 일단 방향성부터 명확하게 잡아놓을 필요가 있었다.

선수 육성 쪽으로 갈 것인가. 아니면 어떻게든 포스트시즌을 노릴 것인가.

단순히 스톰즈 구단만 놓고 봤을 때는 선수 육성 쪽으로 가닥을 잡는 편이 옳았다.

다이노스와 위즈가 퓨처스 리그를 거치고 1군 무대로 진입한 반면 스톰즈와 스타즈는 창단과 동시에 1군 팀들과 경쟁해야 하는 처지였다.

아직 선수 충원조차 원활하게 이루어지지 않은 상황에서 다른 팀들과 무리하게 순위 경쟁을 펼치느니 내부적인 목표를 정해두고 차근차근 나아가는 게 바람직했다.

하지만 그럴 계획이었다면 굳이 말도 안 통하는 외국인 감독을 선임할 이유가 없었다.

실제로 박현수 팀장은 로이스터 감독과의 통화에서 몇 번이고 이번 시즌을 4위로 마무리했으면 좋겠다는 뜻을 전했다.

로이스터 감독은 그런 스톰즈 구단의 기대치를 어떻게 받아들여야 할지 확신이 서질 않았다. 단순히 신생팀 특유의 패기 넘치는 목표 설정인 것일 수도 있었다.

그러나 어쩌면 정말로 3년 이내에 코리안 시리즈 진출이 가능하다고 보는 것인지도 몰랐다.

로이스터 감독은 그 해답을 찾기 위해 한정훈을 찾아왔다.

박현수 단장이 말한 올 시즌 4위 가능성은 전적으로 한정훈의 능력에 달려 있다고 판단한 것이다.

16년 프로 생활을 끝내고 잠시 지도자로 살아왔던 한정훈은 그런 로이스터 감독의 고심이 충분히 이해가 갔다.

그래서 피곤한 몸을 이끌고 마운드 위에 올랐다. 베스트 컨디션은 아니지만 큰 상관은 없었다.

적어도 에이스라면 어느 때건 팀을 위해 마운드에 올라갈 준비가 되어 있어야 하니까.

"정훈아! 패스트볼 위주로 가자!"

서재훈이 큰 목소리로 말했다.

아직 완성되지 않은 신구종을 선보이느니 자신 있는 공을 던져서 로이스터 감독의 눈도장을 받는 편이 낫다고 여긴 것이다.

가볍게 고개를 끄덕인 뒤 한정훈은 주문대로 포심 패스트볼 그립을 잡았다.

그리고 불펜 전담 포수 이상범의 미트를 향해 공을 던졌다.

파아앙!

한정훈의 손끝을 빠져나간 공이 순식간에 미트 속에 파묻혔다.

"와우, 95마일은 가볍게 넘겠는데?"

로이스터 감독의 입가를 타고 만족스러운 웃음이 번졌다.

100mile/h의 패스트볼을 던진다는 이야기는 들었지만 실제로 보니 가슴이 뻥 뚫리는 기분이었다.

구속도 구속이지만 느낌이 강렬했다. 밋밋하게 말려 들어가는 공은 단 하나도 없었다.

그렇게 10개쯤 포심 패스트볼을 던지던 한정훈이 이내 그립을 고쳐 잡았다.

그리고 천천히 호흡을 가다듬은 뒤 미트를 향해 힘차게 공을 던졌다.

후아앗!

포심 패스트볼처럼 날아들던 공이 마지막 순간 좌타자의 몸 쪽으로 휘어져 들어갔다.

파아악!

포심 패스트볼인 줄로만 알았던 이상범이 힘겹게 공을 잡아냈다.

그러고는 한정훈에게 항의하듯 자리에서 벌떡 일어났다.

"허……! 저거 커터 아닙니까?"

투구를 지켜보던 박찬영이 놀란 눈으로 서재훈을 바라봤

다. 그러자 서재훈이 박찬영보다 더 놀란 표정을 지었다.

'와……! 저 녀석 뭐야? 지금까지 계속 헤매놓고서 어떻게 갑자기 저렇게 던질 수 있는 거지?'

한 시간 전까지만 해도 한정훈이 던진 커터는 고작 50점 수준에 불과했다.

무브먼트가 괜찮다 싶으면 제구가 틀어졌다.

원하는 대로 공을 던지는 데 집중하면 공이 밋밋하게 밀려 들어왔다.

지난번 방송 촬영 이후 투심 패스트볼은 생각보다 빠르게 적응해 가는데 커터는 영 손에 익지가 않는 것 같았다.

그래서 서재훈도 커터를 포기시켜야 하나 진지하게 고민하던 차였다.

그런데 로이스터 감독이 지켜보자 갑자기 커터가 확 달라졌다.

계속해 한정훈과 호흡을 맞춰오던 이상범이 하마터면 놓칠 뻔했다는 게 그 변화를 증명해 주고 있었다.

그것도 우연찮게, 어쩌다 잘 들어간 게 아니었다.

5개를 연속해 던졌는데 하나같이 괜찮은 무브먼트를 보여 주었다.

물론 아직 결정구로 써먹기에는 일렀다.

하지만 지금 던진 커터라면 넉넉잡아 70점 정도는 주고 싶었다.

커터를 주 무기로 삼는 투수들처럼 섬세하게 컨트롤하는 거야 당연히 무리겠지만 적어도 타자의 머릿속을 복잡하게 만들 정도는 되어 보였다.

"와우."

로이스터 감독도 내심 감탄을 금치 못했다.

한정훈이 커터와 투심 패스트볼을 연마 중이라는 이야기를 듣긴 했지만 그 짧은 시간에 저 정도로 완성시켰을 줄은 예상 못한 것이다.

덕분에 한정훈에 대한 로이스터 감독의 기대감은 더욱 높아졌다.

한국에 코리안 쇼크라는, 100mile/h에 달하는 포심 패스트볼을 던지는 어린 우완 투수가 있다는 이야기를 들었을 때 로이스터 감독은 그저 타고난 투수라고 생각했다.

체격적으로, 근력적으로 강속구를 잘 던지게 태어난 선수.

그건 분명 축복이었다. 하지만 그런 투수는 마이너리그에 가면 발에 치이도록 많았다.

고작 빠른 공 하나로 타자를 윽박지르던 시절은 지난 지 오래다.

웨이트트레이닝이 강조되는 요즘 같은 시대에 눈에 그저 빠르기만 한 공은 타자들의 먹잇감으로 전락하기 십상이었다.

그런 로이스터 감독이 다시 코리안 쇼크라는 이름에 관심을 갖게 된 건 양키즈의 스카우터 톰슨을 만나고 나서였다.

세계 청소년 야구 선수권 대회를 다녀온 톰슨은 아시아 투수들이 인상 깊었다고 말했다.

그중에서도 코리안 쇼크에 대해서는 장장 3시간을 떠들어 댔다. 그것도 칭찬일색으로 말이다.

톰슨이 코리안 쇼크의 단점으로 지적했던 건 고작 세 가지뿐이었다.

첫째는 세계 유일의 분단국가인 한국에서 태어났다는 점.

둘째는 나이가 어려 경험이 많지 않다는 점.

마지막으로 세 번째는 순수 아시아인이라는 점.

톰슨은 제법 심각하게 말했지만 이 정도면 단점이 없다고 봐도 무방할 정도였다.

로이스터 감독은 곧장 한정훈의 투구 영상을 살펴봤다. 그리고 경악하고 감탄했다.

이건 확실히 에이스감이었다.

톰슨을 비롯해 메이저리그 각 구단들이 군침을 흘려대는 게 당연하다고 느껴질 정도였다.

로이스터 감독은 한편으로 염려스러운 마음도 들었다.

어린 나이에 너무 일찍 정상을 밟은 투수들이 그러하듯 한정훈도 자신의 재능에 취해 정체될 가능성이 없지 않다고 판단한 것이다.

타고난 에이스들 중 노력하지 않는 이들은 일찍 단명했다.

한 해, 두 해. 가진 모든 걸 쏟아부어 정상을 밟고는 언제 그랬냐는 것처럼 흔적도 없이 사라져 버렸다.

로이스터 감독은 한정훈도 그런 부류이면 어쩌나 걱정이 컸다.

스톰즈의 감독 자리를 받아들이고 난 이후로는 한정훈 때문에 밤에 잠을 이루지 못할 정도였다.

하지만 직접 눈으로 확인해 본 결과…… 기우였다.

정말이지 아무짝에도 쓸모없는 멍청한 짓을 한 기분마저 들었다.

"이 정도면 충분합니다. 한정훈 선수에게 잘 봤다고 전해 주세요."

잠시 숨을 고른 한정훈이 막 투심 패스트볼을 던지려던 순간, 로이스터 감독이 웃는 얼굴로 연습장을 떠났다.

"가, 감독님!"

박찬영은 로이스터 감독이 뭔가 불만을 가진 것이라고 여겼다. 하지만 통역의 말은 달랐다.

"감독님께서는 한정훈 선수의 투구에 엄청 만족하셨습

니다."

"그런데 왜……?"

"더 볼 필요가 없으니까요. 감독님은 비행기 안에서도 쉬
지 않고 한정훈 선수의 동영상을 보셨거든요. 경기 결과는
물론 투구 내용까지 줄줄 외우실 정도입니다."

"아……. 그렇습니까?"

"네, 그러니까 다른 오해는 없으셨으면 좋겠습니다. 감독님
은 한정훈 선수에게서 뭔가를 확인하고 싶어 하셨습니다. 그
리고 아까 표정으로 봐서는 그 뭔가를 확인하신 것 같습니다."

"그랬군요."

박찬영은 괜히 멋쩍어졌다.

로이스터 감독이 다른 꿍꿍이가 있다고 여겼는데 자신이
너무 민감하게 군 모양이었다.

하지만 로이스터 감독이 남긴 평은 듣기 좋으라고 한 격려
같은 게 결코 아니었다.

마음 같아선 톰슨처럼 극찬을 늘어놓고 싶었지만 선수를
위해 애써 가슴에 담아두었다.

베이스 볼 61을 나선 로이스터 감독은 곧장 호텔로 돌아왔
다. 호텔 방에는 로이스터 사단에 합류한 세 명의 외국인 코
칭스태프가 먼저 와 기다리고 있었다.

"로이, 어때요? 코리안 쇼크를 직접 만나 봤어요?"

로이스터 감독이 들어오기가 무섭게 성격 급한 앤더슨이 달라붙었다.

소문이 자자한 한정훈의 첫인상이 어땠는지 몹시 궁금한 모양이었다.

그러자 맞은편에 앉아 있던 덩치 큰 브라이언이 피식 웃으며 말했다.

"로이 표정을 보면 모르겠어?"

로이라는 귀여운 애칭으로 불리는 로이스터 감독은 감정을 잘 숨기지 못했다.

그리고 그 감정이 표정으로 자주 드러났다.

로이스터 감독이 대답 대신 은은한 미소를 지어 보였다.

한정훈이 기대 이상이었다고 말해주고 싶었지만 그랬다간 앤더슨이 하루 종일 호들갑을 떨어댈 것만 같았다.

그때 알버트가 프린터에서 막 출력된 종이를 들고 로이스터 감독에게 다가왔다.

"D그룹 선수들 리스트야?"

"네, 로이가 지시한 대로 50만 달러 선에서 정리했습니다."

"흠······."

로이스터 감독은 무심한 눈으로 선수 이름을 훑었다.

하지만 애석하게도 그들 중에 강렬한 인상을 주는 선수는 단 한 명도 없었다.

"고생시켜서 미안한데 이 명단, 없애 버려."

로이스터 감독이 알버트에게 리스트를 돌려주었다. 그러자 또다시 앤더슨이 호들갑을 떨어댔다.

"뭐가 어떻게 된 거예요? 단장하고 통화한 거예요? 아니면 한정훈 선수가 그만큼 대단해요?"

알버트가 밤새 작성하던 선수 명단은 15년도 위즈의 예를 기준으로 삼은 것이었다.

당시 위즈는 200만 달러도 되지 않는 돈으로 4명의 용병을 영입했다.

모두가 최하위를 예상하는 시즌이다 보니 불필요한 지출 대신 합리적인 선택을 추구한 것이다.

물론 결과적으로 위즈의 선택은 실패했다.

투수 두 명이 중간에 퇴출됐으며 그만큼의 돈을 들여 다시 두 명의 용병을 수혈하는 최악의 결과를 맞았다.

하지만 스톰즈에서 위즈의 좋지 않은 전례를 따르지 말라는 법은 없었다.

그래서 로이스터 감독은 최악의 상황에 대비해 알버트에게 D그룹 리스트를 작성하라 이른 것이다.

알버트는 지난 며칠간 이 D그룹 선수 명단을 짜느라 지칠 대로 지쳐 있었다.

계약금 포함 연봉 50만 달러 수준의 선수들이다 보니 영입

가능한 인원들도 많았지만 그보다는 의욕이 없었다.

메이저리그는커녕 트리플 A에서조차 자리를 잡지 못하는 선수들을 데려와 머릿수를 채운들 팀 전력이 큰 도움이 될 리 없기 때문이었다.

각각 투수 코치와 타격 코치의 보직을 보장받은 앤더슨과 브라이언의 생각도 별반 다르지 않았다.

일찍이 한국 야구를 경험한 로이스터 감독은 투수 3명에 야수 2명의 용병 조합으로 시즌을 치르기로 결정을 내렸다.

그리고 앤더슨과 브라이언에게 자신이 내세운 기준에 맞는 선수들을 분류하라고 지시했다.

로이스터 감독은 두 명의 타자를 모두 중심 타자로 활용할 생각이었다.

기준점은 한 시즌을 부상 없이 치른다고 가정했을 때 최소 30홈런과 100타점, OPS .850 이상이었다.

선호 포지션은 최소 1루를 겸해 볼 수 있는 내야수와 수비 능력이 평균 이상인 외야수.

그러나 브라이언은 알버트가 작성한 D그룹 리스트에는 그런 선수가 없다고 확신했다.

로이스터 감독이 원하는 용병 투수의 조건은 타자보다 더 까다로웠다.

30게임과 180이닝을 책임져 줄 수 있는 제구력 좋은 투수.

그것도 좌완 위주.

"없어요. 없다니까요?"

앤더슨은 리스트도 보지 않고 항복을 선언했다.

50만 달러 수준의 투수가 그 정도 활약을 해낼 수 있다면 메이저리그에서 가만 놔둘 리가 없었다.

그런데 로이스터 감독이 D그룹 리스트를 폐기하면서 용병 선발에 숨통이 트였다.

"연봉 상한선은 어디까지로 잡을까요?"

알버트가 D그룹 리스트를 쫙쫙 찢으며 물었다.

이들보다 뛰어난 선수들은 진즉에 분류가 끝난 상태였다.

알버트는 내심 B그룹 리스트 정도로 상향되길 바랐다.

B그룹 리스트의 연봉 상한선은 150만 달러.

메이저리그에서 한 시즌 가까이 버틴 경험이 있으며 트리플 A에서는 날아다닌 선수들 위주로 구성되어 있었다.

"이봐! 브라이언! 너는 어떨 거 같아?"

신이 난 앤더슨이 브라이언을 끌어들였다.

"B그룹이면 좋겠지만 C그룹이라도 감지덕지야."

브라이언이 로이스터 감독의 눈치를 보며 말했다.

코칭스태프 입장에서야 돈이 많이 들더라도 실력 있는 선수가 와주면 좋지만 이제 첫발을 떼는 신생 구단인 스톰즈의 입장도 고려해 줘야 했다.

"에이, C그룹이나 D그룹이나. 둘이 다를 게 뭐야? 최소한 B그룹은 되어야지. 안 그래요, 로이?"

앤더슨이 간절한 눈으로 로이스터 감독을 바라봤다.

하지만 로이스터 감독도 지금 당장은 뭐라 확답을 주기가 어려웠다.

"일단 남은 모든 그룹을 전부 살펴보고 우선순위를 매겨두라고. 아마 조만간에 결정이 날 테니까 말이야."

로이스터 감독이 일거리를 잔뜩 늘려주었다.

자연스럽게 세 코치의 입에서 한숨이 흘러나왔다.

잠시 후, 알버트가 새로 출력된 리스트를 앤더슨과 브라이언에게 나눠 주었다.

"하아, 젠장할. 이걸 또 보고 있어야 하다니."

앤더슨이 불만스럽게 투덜거렸다.

어마어마한 분량을 자랑했던 D그룹 리스트가 빠지긴 했지만 살펴볼 인원은 여전히 많았다.

그때였다.

"그런데 이건 왜 주는 거야?"

브라이언이 가장 마지막에 딸려온 종이 한 장을 펄럭이며 알버트를 바라봤다.

종이 상단에는 S그룹이라는 타이틀이 굵직하게 박혀 있었다.

S그룹 리스트는 A그룹 리스트와 단순 비교 차원에서 만들어진 것이다.

실제 영입 대상을 찾는다면 S그룹 리스트는 해당 사항이 없었다.

그러나 알버트의 생각은 다른 모양이었다.

"아까 감독님 말씀 못 들었어? 남은 그룹을 전부 살펴보라고 하셨잖아."

알버트는 로이스터 감독의 지시대로 S그룹 리스트까지 추가 인쇄를 했다.

로이스터 감독이 용병들의 몸값을 상향 조정한 만큼 S그룹 리스트에 올라간 용병 중에서도 한두 명 정도 선발될 가능성이 있다고 판단한 것이다.

하지만 앤더슨은 말도 안 된다며 목소리를 높였다.

"그건 그냥 해본 말이겠지. S그룹 용병들 최소 연봉이 300만 달러인데 스톰즈가 미쳤다고 얘들하고 계약하겠어?"

앤더슨이 짜증스럽게 S그룹 명단을 내던졌다.

뒤이어 브라이언도 마지막 장을 분리해 냈다.

설마하니 로이스터 감독이 구단주를 만나 S그룹 리스트의 용병을 요청할 것이라고는 생각지도 않았던 것이다.

그러나 이틀 후 스톰즈 사무실을 찾은 로이스터 감독은 시작부터 강수를 두었다.

"한정훈 선수가 빠르면 3년 후에 해외 진출이 가능하다고 하셨죠?"

"그렇습니다."

"그럼 지난번에 말씀하신 대로 3년 안에 우승에 도전해 보겠습니다."

"정말이십니까?"

로이스터 감독의 포부를 전해 들은 박현수 단장은 기쁜 마음을 감추지 못했다.

로이스터 감독이 과대망상이라고 여기면 어쩌나 걱정했는데 이제야 비로소 한식구가 된 것 같은 기분이 들었다.

솔직히 내색하지 않았지만 박현수 단장은 스톰즈가 3년 안에 우승하는 게 단 한 번도 불가능하다고 생각하지 않았다.

실제로 9구단 창원 다이노스는 창단 4년 만에 통합 챔피언의 자리에 올랐다.

매해 팀 성적을 빠르게 끌어올리며 말이다. (정규 리그 기준 13시즌 7위-14시즌 3위-15시즌 2위-16시즌 1위)

박현수 단장은 다이노스처럼 스톰즈도 충분히 기적을 이뤄낼 수 있다고 믿었다.

그리고 가능하다면 그 기간을 1년 앞당기고 싶었다.

욕심 때문이 아니라 정한이라는 대기업의 전폭적인 지지를 받은 만큼 그 정도는 해야 면이 설 것 같았다.

하지만 로이스터 감독도 아무런 대책 없이 무조건 3년 내 우승을 언급한 게 아니었다.

"대신 조건이 있습니다."

"조건이요?"

"네, 수준급 용병들을 영입해 주십시오."

"수준…… 급이요?"

순간 들떴던 박현수 단장의 표정이 급격하게 가라앉았다.

수준급 용병.

다소 애매한 표현이긴 했지만 최근 몸값 높은 용병을 선호하는 추세에 비춰봤을 때 출혈이 어마어마할 것 같다는 생각이 든 것이다.

"이런 말씀 드리기 죄송합니다만 구단에서는 총액 400만 달러를 예상하고 있습니다."

박현수 단장이 조심스럽게 말을 이었다.

총액 400만 달러로 5명의 용병과 계약한다면 평균 80만 달러 수준이다.

결코 적은 돈이라고 할 수는 없겠지만 150만 달러 이상의 몸값을 받는 타 구단의 핵심 용병들만큼의 활약은 기대하기 어려울 터였다.

그래서 박현수 단장도 김일도 사장과 논의를 해 용병 계약 총액을 200만 달러 정도 올릴 구상을 하고는 있었다.

모그룹에서 승인이 날지가 문제지만 로이스터 감독이 3년 안에 정상 도전을 선언한 만큼 단장으로서 최선을 다해 부딪쳐 볼 생각이었다.

하지만 로이스터 감독은 디테일한 부분까지 신경 쓰고 싶지 않았다.

본래 선수 계약은 구단의 몫이다.

감독은 단장이 구해다 준 선수들로 최선의 성적을 내는 데 충실하면 그만이었다.

"일단 여기 있는 선수들을 1차적으로 원합니다."

로이스터 감독이 세 코치의 의견을 참고해 최종 리스트를 내밀었다.

그리고 그 첫줄에는 박현수 단장도 익히 아는 이름이 적혀 있었다.

마크 레이토스.

메이저리그에서 70승을 기록한 선발투수였다.

"메이저리그에 마크 레이토스란 선수가 또 있습니까?"

박현수 단장이 당혹스러운 얼굴로 로이스터 감독을 바라봤다.

그렇게 하면 로이스터 감독이 씩 웃으며 장난이었다고 말해줄 것 같았다.

그러나 로이스터 감독은 진지했다.

"작년에도 부진하긴 했지만 메이저리그에서 14승을 3번이나 한 투수입니다. 이 정도 선수라면 한정훈 선수와 더불어 스톰즈의 투수진을 잘 이끌어줄 것이라 생각합니다."

"하지만 몸값이……."

"자세히는 몰라도 단장님이 생각하시는 것처럼 많이 요구하지는 않을 겁니다. 그리고 들리는 소문에 따르면 레이토스 선수도 해외 진출을 고려 중이라고 합니다."

"그, 그래요?"

로이스터 감독은 구단에서 적극적으로 노력한다면 레이토스를 충분히 잡을 수 있다고 판단했다.

그만큼 레이토스의 상황이 좋지가 않았다. 연이은 부상과 부진으로 선발의 기회조차 잡지 못하고 있었다.

이런 때에 적정 수준의 연봉과 선발 기회를 보장해 준다면 레이토스의 마음이 움직일 가능성이 높았다.

그러나 용병 계약 총액 전액을 털어 넣어도 될까 말까 한 선수를 데려와야 하는 단장의 입장은 달랐다.

메이저리그 경력이 있는 선수도 아니고 풀타임 메이저리거라니. 과해도 너무 과했다.

그렇다고 3년 안에 우승하겠다는 감독에게 무작정 안 된다고 말할 수도 없는 노릇이었다.

"이, 일단 다른 선수들도 좀 보겠습니다."

애써 흥분을 가라앉히며 박현수 단장이 명단 쪽으로 눈을 돌렸다.

그 안에 충분히 다른 좋은 대안이 숨겨져 있을 것이라 기대하며.

하지만 박현수 단장의 시선은 고작 한 줄을 넘기지 못하고 다시 멈춰 버렸다.

테너 제이슨.

전설적인 투수 랜디 제이슨의 아들이자 올 한 해 메이저리그를 뜨겁게 달궈 놓았던 슈퍼 악동.

'하아, 미치겠네.'

박현수 단장이 넥타이 끈을 풀어헤쳤다.

로이스터 감독이 자신을 엿 먹이려고 이러는 게 아니라면…… 오늘 단단히 각오를 해야 할 것 같았다.

3

박현수 단장과 로이스터 감독은 식사도 거른 채 장장 4시간 동안 의견을 조율했다.

그러나 애석하게도 좀처럼 타협점이 나오지가 않았다.

"용병 문제는 일단 기본적인 선수 수급이 끝난 다음에 이야기 하는 게 좋을 것 같습니다."

더 이상의 논의는 무리라고 판단한 박현수 팀장이 잠시 휴전을 제안했다.

한국 시리즈가 끝나면 일주일 이내 26인 외 특별 지명이 시작된다.

스톰즈가 소속된 서부 리그 5개 팀들로부터 1차적으로 1명씩 수급 받은 뒤 스타즈가 선수급한 서부 리그 6개 팀들에게 1명씩 추가로 데려오는 방식이었다.

26인 외 특별 지명이 끝나면 곧바로 2차 드래프트가 예정되어 있었다.

본래 2차 드래프트는 통상적으로 12월 즈음에 이루어졌다.

그러나 2차 드래프트 일정과 FA 협상 기간과 겹치면서 준주전급 선수들이 본의 아니게 피해를 보자 올해부터 FA 협상 기간 전으로 일정을 앞당기기로 결정이 된 상태였다.

박현수 단장은 일단 26인 외 특별 지명과 2차 드래프트를 통해 최대한 전력을 보충할 계획이었다.

1차 목표는 선발이 가능한 투수와 타선의 중량감을 채워 줄 타자였다. 다이노스의 선례처럼 경험 많은 투수들과 수비

력이 뒷받침되는 선수들을 영입해야 최소한의 경기력을 유지할 수 있다고 판단한 것이다.

두 차례의 공식적인 수혈 작업을 통해 어떻게든 선수단의 모양새가 갖춰지면 그다음에는 FA였다.

FA 제도가 등급제로 바뀌면서 신생팀이 가지는 메리트가 크게 줄어들었지만 대어급 선수 한두 명만 영입해도 팀 내 분위기가 달라질 터였다.

냉정하게 말해 용병 문제는 FA 시장까지 지켜본 다음에 논해도 늦지 않았다.

"알겠습니다."

로이스터 감독도 일단 한발 물러났다.

어차피 마크 레이토스나 테너 제이슨을 영입하기 위해서는 시간이 필요했다.

FA 영입이 다 끝난 다음이라 해도 결코 늦지 않았다.

그럼에도 로이스터 감독이 굳이 먼저 용병들의 이야기를 꺼낸 건 한국 야구의 특성상 쓸 만한 선수들의 수급이 쉽지 않을 것이라는 판단 때문이었다.

그리고 불행히도 로이스터 감독의 예상은 정확하게 맞아떨어졌다.

"허……. 이건 해도 해도 너무하잖아?"

26인 외 특별 지명이 시작되자 각 구단에서는 약속이나 한 듯 똑같은 보호 명단을 제출했다.

선발 가능성이 있는 투수들과 장타력을 갖춘 타자들은 전부 보호 선수로 묶었다.

대신 나이 많은 계투진과 처치 곤란한 베테랑들만 생색내듯 풀어주었다.

덕분에 스톰즈와 스타즈 모두 26인 외 특별 지명에서 이렇다 할 성과를 내지 못했다.

그나마 스톰즈가 건진 선수라고는 FA로 이글스에 입단했던 배용수 한 명뿐이었다.

그마저도 구위 회복이 어렵다고 판단한 스타즈가 배용수를 외면해 준 덕분에 가능한 일이었다.

26인 외 특별 지명이 이 모양인데 보호 선수가 40인으로 늘어나는 2차 드래프트를 기대한다는 건 의미조차 없는 일이었다.

"이렇게 된 거 어떻게든 FA에서 선수들을 수급해야 합니다!"

발등에 불이 떨어진 박현수 단장은 FA 시장이 열리기만을 기다렸다.

우선 협상 기간이 폐지된 만큼 시장만 열리면 주전급 선수들과 전부 접촉해 볼 생각이었다.

하지만 대부분의 선수는 FA가 시작되기가 무섭게 원 소속

구단에 주저앉아 버렸다.

　FA 협상 기간 이전부터 소속 구단과 자연스럽게 교감이 이루어지면서 스톰즈가 끼어들 틈조차 없었다.

　그나마 눈독을 들이던 라이온즈의 좌완 투수 장원승도 스타즈가 냉큼 채가면서 스톰즈는 이번에도 헛물만 켜고 말았다.

　오죽했으면 관대하던 팬들조차 올해 야구 안 할 거냐며 불만을 토로할 정도였다.

　"차라리 트레이드라도 하는 게 어떨까?"

　보다 못한 김일도 사장이 넌지시 권했다.

　어지간해서는 박현수 단장의 업무에 간섭하고 싶지 않았지만 이대로라면 28인 로스터(경기 수 확장으로 2018시즌부터 증가)를 짤 수나 있을지 걱정이 앞섰다.

　"트레이드요?"

　"그래, 우리한테 뭐 뜯어먹을 게 있는지 이곳저곳에서 제안이 들어오네? 주전급 선수들도 내줄 수 있다면서 말이야."

　"허……!"

　박현수 단장은 그저 헛웃음만 났다.

　이게 저들이 입으로 떠들어 대는 프로야구의 발전이고 상생이란 말인가.

　그야말로 진절머리가 날 지경이었다.

　"사장님, 우리 신생 구단입니다."

"알지. 그러니까 뭐라도 해야 하는 거 아냐?"

"트레이드는 서로 카드가 맞아야 하는 거죠. 다들 대기업 끼고 야구하는데 설마 돈이 없어서 트레이드 하자고 그러겠습니까?"

"서로 맞는 카드? 그런 게 우리한테 어디 있…… 아!"

뒤늦게 뭔가를 깨달은 김일도 사장의 얼굴이 벌겋게 달아올랐다.

어쩐지 원하는 선수는 말도 하지 않은 채 박현수 단장에게 찔러나 달라고 부탁할 때부터 수상쩍더라니.

애초부터 목표는 한정훈인 모양이었다.

"그런데 신인 선수를 트레이드하는 게 가능해? 신인 선수는 1년간 보호되는 거 아니었어?"

"아직 선수 등록 전이잖습니까. 실제로 자이언츠하고 이글스에서 트레이드 한 전례도 있고요."

"망할 자식들! 아주 누구를 호구로 보고……!"

"아니, 차라리 잘됐습니다. 연락 온 구단이 어디어디입니까. 제가 한 번 이야기를 들어보겠습니다."

"박 단장! 설마……!"

김일도 사장이 당황한 얼굴로 박현수 단장을 바라봤다.

자신이 생각 없이 꺼낸 말 때문에 박현수 단장이 사고라도 치려는 게 아닐까 겁이 난 것이다.

그러자 박현수 단장이 질근 입술을 깨물었다.

"우릴 만만하게 봤다간 큰코다친다는 거, 이번 기회에 제대로 보여줄 생각입니다."

4

박현수 단장은 두 개의 보고서를 들고 정한그룹 회장실로 향했다.

그리고 최정한 회장 앞에 첫 번째 보고서를 내려놓았다.

"이게 뭡니까?"

"로이스터 감독이 제안한 전력 강화 방안입니다."

"그래요?"

최정한 회장이 반색하며 보고서를 펼쳤다.

하지만 그 안에 적힌 내용을 훑어보고는 대번에 이맛살을 찌푸렸다.

타력도 중요하지만 야구는 본래 투수 놀음이라고 했다.

그러나 스톰즈에서 믿고 경기를 맡길 만한 투수라고는 한정훈밖에 없었다.

최정한 회장도 투수력이 보강되지 않으면 올 시즌을 제대로 치르기 어렵다는 사실을 잘 알고 있었다.

그래서 용병 영입이 시작되면 조금 더 힘을 실어주려고 마음먹고 있었다.

하지만 이런 식은 아니었다.

아무리 투구가 고파도 그렇지 작년에 받은 연봉만 700만 달러에 영입에 필요한 돈이 최소 500만 달러인 메이저리그 정상급 선발투수를 데려오자니.

이건 말도 안 되는 소리였다.

"정말 이것밖에 방법이 없는 겁니까?"

최정한 회장이 불쾌한 얼굴로 박현수 단장을 바라봤다.

고작 이따위 막 나가는 보고서나 받으려고 박현수를 스톰즈의 단장 자리에 앉힌 게 아니었다.

그러자 박현수 단장이 비장한 얼굴로 두 번째 보고서를 내밀었다.

"이건 또 뭡니까?"

"그 안에 회장님께 드릴 또 다른 다른 방법이 있습니다."

"허……."

최정한 회장이 눈매를 일그러뜨렸다.

다른 방법이 있는데 굳이 첫 번째 보고서를 보여준 이유는 뭐란 말인가.

아랫사람에게 놀림을 받는 기분이었다.

하지만 최정한 회장은 오래지 않아 그 이유를 깨달았다.

한정훈 선수 트레이드 관련 보고 사항.

첫 페이지에 큼지막하게 쓰인 제목만 봐도 박현수 단장이
말하려는 의도를 충분히 이해할 수 있었다.

이 상태로 올 시즌은 무리입니다. 전력을 최대한 끌어올리
기 위해서는 용병 영입에 큰돈을 써야 합니다. 하지만 정 그
게 어렵다면 한정훈이라도 팔아서 선수들을 수급할 수밖에
없습니다.

입을 꾹 다문 채 박현수 단장의 표정은 그렇게 말하고 있
었다.

"이거…… 무슨 생각으로 나한테 가져온 겁니까?"

최정한 회장이 한참 만에 입을 열었다.

처음에는 어처구니가 없다 못해 화도 났지만 다른 사람도
아니고 박현수 단장이 이렇게 극단적으로 나오는 건 그만한
이유가 있을 거라는 생각이 들었다.

그러자 박현수 단장이 억눌린 목소리를 냈다.

"회장님. 저는…… 꼴등이나 하려고 스톰즈 단장이 된 게
아닙니다."

마음 같아선 답답한 속내를 전부 까뒤집어 보이기 싫었지

만 박현수 단장은 애써 말을 아꼈다.

감정적이고 추상적인 이야기를 늘어놔 봐야 최정한 회장이 들어줄 것 같지 않았다.

"나도 꼴등은 싫습니다. 하지만 신생팀의 한계라는 것도 감안해야 하지 않겠습니까?"

최정한 회장이 에둘러 박현수 단장을 달랬다.

기존 구단들의 견제로 제대로 된 선수 수급조차 하지 못하는 상황에서 좋은 성적을 기대하기란 솔직히 어려워 보였다.

수많은 야구 전문가는 스톰즈의 올 시즌 순위를 서부지구 6위로 단정하고 있었다.

말이 좋아 6위지 꼴등이었다. 실제로 최정한 회장도 스톰즈가 그보다 나은 성적을 거둘 것이라고 기대하지 않았다.

물론 최정한 회장도 속으로 자존심은 상했지만 무시당한다고 화를 내고 싶지는 않았다.

그래 봐야 현실이 크게 달라질 것 같지 않았기 때문이다.

그러나 박현수 단장은 오히려 화를 내야 한다고 말했다. 자존심을 세워야 한다고 말했다.

이대로 신생팀이기 때문에 얕잡아 보이면 일부 극성팬의 말처럼 서부 지구의 승점 자판기 노릇이나 해야 한다며 최정한 회장의 속을 벅벅 긁어놓았다.

"그래서, 박 단장이 생각하는 목표가 어디까지입니까?"

최정한 회장이 한결 뜨거워진 눈으로 박현수 단장을 바라봤다.

명색이 회장을 이 정도로 괴롭혔다면 적어도 포스트시즌 진출 정도는 나와 줘야 할 것 같았다.

하지만 정작 박현수 단장의 목표는 최정한 회장의 기대치를 밑돌았다.

"올해는 4위입니다."

"뭐요?"

순간 최정한 회장의 눈매가 일그러졌다.

그렇게 떠들어 놓고 이제 와서 고작 4위라니.

또다시 농락당한 기분이 치밀었다.

그러자 박현수 단장이 냉큼 말을 이었다.

"그리고 내년에는 포스트시즌 진출. 내후년에는 우승 도전입니다."

"……!"

막 역정을 쏟아내려던 최정한 회장의 표정이 순간 기묘하게 변했다.

병 주고 약 주는 것도 아니고 뜬금없이 우승이라니.

자신도 모르게 귀가 솔깃해지고 말았다.

대부분의 야구인은 향후 3년간 스톰즈가 바닥을 벗어나지 못할 것이라고 전망했다.

하지만 박현수 단장은 3년 안에 우승을 넘보는 게 목표라고 선언했다.

물론 정한그룹에서 확실하게 지원해 준다는 전제가 따르긴 했지만 신생팀을 데리고 3년 안에 우승을 넘본다는 게 말처럼 쉬운 일은 아니었다.

그런데도 최정한 회장의 마음속에서는 자꾸 기대감이 꿈틀거렸다.

허언을 하지 않는 박현수 단장이라면 정말로 그 목표를 보란 듯이 이뤄내 버릴 것만 같았다.

"박 단장의 그 목표, 로이스터 감독도 알고 있습니까?"

치미는 흥분을 되삼키며 최정한 회장이 마지막으로 물었다.

3년 안에 우승한다는 게 구체화 된 목표인지, 아니면 즉흥적인 애드리브인지 알고 확인하고 싶었다.

그러자 박현수 단장이 기다렸다는 듯이 대답했다.

"물론입니다. 그리고 제 목표에 대한 로이스터 감독의 대답이 첫 번째 보고서에 담겨 있습니다."

"크흠……."

최정한 회장이 내키지 않은 얼굴로 다시 첫 번째 보고서를 들었다.

마크 레이토스.

메이저리그를 잘 모르는 최정한 회장조차 알고 있는 선수였다.

몸에 문제만 없다면 국내에서도 10승은 우습게 챙겨줄 투수인 건 확실했다.

다만 500만 달러라는 몸값은 여전히 부담스러웠다.

"좋습니다. 기왕 할 거 어디 한번 제대로 해보세요. 단, 여기 나와 있는 몸값으로는 안 됩니다. 내 말, 무슨 소리인지 알겠습니까?"

우승이란 말에 반쯤 넘어가 버린 최정한 회장이 마지막 자존심을 지켰다.

최대한 지원은 해주겠다. 대신 단장으로서 최대한 낮은 금액에 선수들을 영입하라.

결코 쉽지 않은 일이었지만 박현수 단장도 더는 욕심을 부리지 않았다.

"최선을 다하겠습니다, 회장님!"

소기의 목적을 달성한 박현수 단장이 결연한 얼굴로 회장실을 나섰다. 그리고 곧바로 긴급회의를 소집했다.

그렇게 프로 야구계에 스톰즈가 일으킨 용병 전쟁이 시작됐다.

1

　2017년을 넘기기 직전에 스톰즈 구단은 일차적인 선수 명단을 확정했다.

　총인원은 60명.

　무려 5차례나 공개 트라이아웃을 가진 것치고는 아쉬운 숫자였다.

　솔직히 60명으로는 1군과 2군을 나누기에도 빠듯해 보였다.

　기존 구단처럼 육성군 형식의 3군을 별도로 두는 건 어림도 없을 것 같았다.

　하지만 박현수 단장과 로이스터 감독은 그 정도라도 채워진 것에 감사하고 있었다.

신생 구단은 스톰즈만 있는 게 아니었다.

스타즈도 스톰즈 못지않게 선수가 필요한 상황에서 쓸 만
한 선수들을 그만큼 끌어모은 건 분명 큰 성과로 봐야 했다.

이때까지만 해도 스톰즈의 올 시즌 성적은 최하위를 벗어
나지 못하고 있었다.

그런데 갑작스럽게 미국에서 날아든 소식 하나가 국내 프
로야구계를 발칵 뒤집어 놓았다.

[마크 레이토스. 스톰즈 구단에 입단할 듯.]

"뭐? 마크 레이토스?"

"못 먹는 감 찔러 보는 것도 아니고 뭐하자는 거야?"

처음 그 소식을 들었을 때 다른 구단 단장들은 코웃음을
쳐댔다.

새 시즌 구상에 정신없던 감독들도 마찬가지.

마크 레이토스가 한국에 올 리 없다며 그 가능성을 일축
했다.

그런데 스톰즈 구단에서 용병들을 한 명씩 영입하면서 이
상 기류가 흐르기 시작했다.

스톰즈 구단이 첫 번째로 영입한 건 토니 윌커슨.

메이저 경력은 일천하지만 마이너리그에서 5시즌 동안 준수한 성적을 낸 좌타 내야수였다.

몸값은 계약금 포함 70만 달러.

100만 달러 용병 시대를 지나 200만 달러 용병 시대를 바라보는 국내 프로야구 입장에서는 대단할 게 없는 선수였다.

두 번째 영입 선수는 조시 스펜서.

역시 메이저리그 경력은 많지 않은 좌완 투수였다.

스톰즈 구단의 지출 금액은 90만 달러.

역시나 기대치를 밑도는 수준이었다.

그런데 세 번째로 영입한 선수부터 상황이 달라졌다.

루데스 마르티네스.

도미니카 공화국 출신의 수준급 유망주가 한국행을 결정지었다.

총 계약 금액은 120만 달러.

그 소식에 타구단의 용병들조차 술렁거리기 시작했다.

"마르티네스가 온다고?"

"그 녀석이 여길 왜?"

대부분의 용병은 마르티네스의 결정을 이해하지 못했다.

마이너리그 생활이 고달프긴 하지만 조금만 더 참고 버틴다면 메이저리그 주전 선수로 올라갈 가능성이 높았다.

언론에서도 2년 안에 메이저리그에서 활약할 예비 스타로 마르티네즈의 이름을 빼놓지 않을 정도였다.

그런데 일본도 아니고 한국이라니. 마르티네즈가 두 나라를 헷갈린 게 아닌가 의심스러울 정도였다.

하지만 제법 충격적이었던 마르티네즈 영입은 실상 가벼운 잽에 불과했다.

[메이저리그 레전드 투수 랜디 제이슨의 아들 테너 제이슨, 한국에 온다!]

[테너 제이슨! 한국 신생팀 스톰즈와 250만 달러에 계약 체결!]

마르티네즈의 계약 소식이 들린 지 일주일 뒤, 미국 현지에서 말도 안 되는 기사가 터졌다.

보는 이들로 하여금 제 눈을 의심하게 만들 만한 내용이었다.

"이건 100퍼센트 오보겠지?"

"테너 제이슨이 머리에 총 맞았냐? 메이저리그를 놔두고 한국에 오고?"

메이저리그에서는 슈퍼 악동으로 유명했지만 부친으로부터 물려받은 우월한 하드웨어와 재능은 다른 투수들을 압도할 정도였다.

비록 거듭되는 사생활 문제로 인해 메이저리그와 마이너

리그를 오가긴 했지만 그 실력만큼은 어느 구단을 가더라도 선발 한 자리를 꿰차는 데 문제가 없을 정도였다.

그런데 한국행이라니. 그것도 스톰즈라니.

"이거…… 설마?"

"설마는 무슨 설마야. 레이토스 못 잡으니까 그 돈으로 제 이슨이라도 데려온 거지."

야구팬들은 숨을 죽이고 스톰즈의 마지막 행보를 지켜보았다.

그리고 스톰즈 구단이 일본으로 전지훈련을 떠나기 직전에 모든 야구팬이 그토록 궁금해했던 선수의 행선지가 결정됐다.

2

[마크 레이토스. 스톰즈 구단과 전격 계약!]

[한국에서 보란 듯이 재기하고 다시 메이저리그로 복귀하겠다고 선언!]

마크 레이토스의 계약 소식은 한국은 물론 일본 오키나와까지 떠들썩하게 만들었다.

"형! 레이토스! 레이토스!"

공개 트라이아웃을 통해 입단한 내야수 장광수가 함께 들어온 최일석을 흔들어 댔다.

"뭐? 뭔 토스? 새로 나온 과자 이름이냐?"

"장난하지 말고! 이거 봐요. 이거!"

"헐……. 얘들이 말하는 레이토스가 내가 아는 그 레이토스냐?"

"뭐예요, 형? 솔직히 말해봐요. 레이토스가 누군지 잘 모르죠?"

"크흠, 알지. 되게 잘 치는 타자 아니냐?"

"암요. 그럼요. 메이저리그의 최고의 거포 같은 소리 하시네요. 엄청 유명한 투수잖아요."

"크흐흠. 그냥 농담 한 번 해본 거야, 인마. 그리고 조용히 좀 해. 투수들 표정 안 좋은 거 안 보이냐?"

최일석이 앞자리에 앉은 투수들 쪽으로 턱짓을 했다.

그의 말처럼 레이토스 계약 소식에 투수들의 표정이 심상치 않게 변해 있었다.

"젠장, 선발 자리 꽉 찼네."

"그러게나 말이야. 엄마한테 큰소리 떵떵 치고 왔는데 하필 레이토스가 들어올 건 뭐야."

선발 자리를 놓고 경쟁하는 투수는 대부분 울상이었다.

신생 구단의 특성상 젊은 선수들에게 기회를 줄 거라 여겨서 내심 기대를 했는데 시험을 치르기도 전에 성적이 결정되어버린 기분이었다.

하지만 레이토스 영입의 직격탄을 맞았다고 해도 과언이 아닐 이승민은 제법 여유로운 모습이었다.

"이렇게 되면 선발이 한 자리쯤 남으려나?"

스마트폰을 내려다보던 이승민이 혼잣말처럼 중얼거렸다. 그러자 옆에 앉은 강현승이 이승민을 바라봤다.

"왜 한 자리가 남아? 용수 선배님 자리 뺏어보려고?"

현재까지 분위기로는 5명의 선발 자리가 꽉 찬 상태였다.

특별 지명까지 하며 데리고 온 에이스 후보 한정훈.

메이저리그에서 70승을 거둔 마크 레이토스.

슈퍼 악동 테너 제이슨.

투수 중 가장 먼저 계약한 조시 브라이언.

마지막으로 26인 외 특별 지명을 통해 유니폼을 갈아입은 프로야구계의 전설 배용수.

이미 채워진 선발 자리 중 이승민이 한 자리를 노린다면, 그 대상은 배용수일 수밖에 없었다.

그러자 이승민이 피식 웃었다.

"내가 왜 용수 선배님 자리를 노리냐? 어차피 6인 선발 체제로 갈 텐데."

"뭐? 6인 선발?"

"그래. 올해부터 경기 수 엄청 늘어났잖아. 그래서 6인 선발이 될지도 모른다고 코치님한테 얼핏 들었거든."

작년까지만 해도 각 구단의 경기 수는 144경기였다.

그러던 게 12구단 체제로 전환되면서 경기 수가 154경기로 늘어났다.(팀 간 경기 수는 16경기에서 14경기로 줄어들었다.)

기존에 144경기를 할 때도 반쯤 6선발 체제를 사용하는 구단이 적잖았다.

5선발의 피로가 가중될 시점에 땜빵 선발을 올려서 투수들의 컨디션을 조절해 주는 식이었다.

하지만 한두 경기도 아니고 10경기가 늘어난 이상 변칙 선발로는 한계가 있었다.

그래서 아예 6선발 체제로 전환하겠다는 구단들이 늘어가는 상황이었다.

기존 구단에 비해 용병을 1명 더 활용할 수 있는 스톰즈 입장에서는 6선발도 나쁘지 않았다.

특히나 선발진의 구성을 살펴봤을 때 휴식일을 여유롭게 가져가는 편이 나아 보였다.

청소년 대표팀 에이스로 활약했지만 한정훈은 아직 풀타임을 소화한 적이 없는 신인이었다.

게다가 다른 신인 선수들보다 한 살이 어렸다.

아직 더 성장해야 할 한정훈에게 첫 시즌부터 타이트한 5

선발 체제를 강요하는 건 무리였다.

선발진의 한 자리가 가장 유력해 보이는 배용수도 마찬가지였다.

프로에 데뷔해 19번째 시즌을 맞이하고 있는 배용수는 한국 나이로 서른여덟이었다.

자기 관리를 잘하는 노련한 투수라 하더라도 체력적인 한계까지는 극복하기 어려워 보였다.

부상 이력이 있는 마크 레이토스도 관리가 필요해 보였다.

본인은 다 나았다고 하지만 구위나 구속은 아직 전성기에 한참 못 미치고 있었다.

이런 상황에서 5선발은 확실히 무리였다. 그래서 장차 스톰즈의 마운드를 책임져야 할 이승민에게 코칭스태프가 슬며시 언질을 준 것이다.

선발 자리가 한 자리 늘어난다면 그 후보는 이승민과 강현승, 중흥고등학교 원투 펀치의 차지가 될 가능성이 컸다.

현재로써는 강현승보다 이승민이 더 나았다.

작년 초만 해도 실력이 비등비등했는데 한일 고교야구 대항전과 세계 청소년 야구 선수권 대회를 치른 이후 이승민의 실력이 급성장했다.

반면 어깨 염좌로 세계 청소년 야구 선수권 대회 출전을 포기한 강현승은 아직까지 기대주로 평가받는 상황이었다.

"뭐야, 그런 게 있으면 진즉 좀 알려주지."

강현승이 서운한 기색을 드러냈다. 그러자 이승민이 능구렁이처럼 웃어 넘겼다.

"어차피 실력으로 인정받아야 하는 건 똑같은데 뭘. 그리고 괜히 6선발 자리 기대하지 마. 어떻게든 5선발 안에 들겠다고 버텨야 한다고."

변명처럼 들렸지만 이승민의 말은 틀리지 않았다.

안이한 마음으로 6선발을 기대하고 있다가 덜컥 5선발 체제로 결정이 나 버리면 말짱 도루묵이었다.

게다가 5선발과 6선발은 느낌부터 달랐다.

5선발까지는 로테이션을 지켜주겠지만 6선발은 시즌이 진행될수록 등판일이 널을 뛸 가능성이 컸다.

"5선발이라. 말은 좋지. 내 실력에 누굴 끌어내리냐?"

강현승이 쓴웃음을 지었다.

스톰즈 입단이 확정되자 부모님들이 무척 좋아했는데 선발투수로 마운드에 오르는 건 한정훈이 한국을 떠난 다음에나 기대해야 할 것 같았다.

"참, 그런데 그 소문 진짜야?"

"무슨 소문?"

"정훈이 말이야. 한정훈. 어깨 부상 심각하다며?"

"……뭐?"

강현승의 뜬금없는 말에 이승민이 미간을 찌푸렸다.

아무리 선발 자리에 욕심이 나도 그렇지 그런 말도 안 되는 루머라니.

강현승에게 실망감이 들 정도였다. 하지만 강현승도 한정훈의 자리를 탐내서 하는 말이 아니었다.

"못 들었어? 아까 선배들 하는 이야기 얼핏 들었는데 정훈이 어깨 상태가 안 좋다던데? 그래서 전지훈련에도 늦게 합류하는 거고."

"대체 어떤 선배 새끼님들이 그딴 소리를 하디?"

"누구긴 누구야. 저쪽에⋯⋯."

강현승이 뒤쪽으로 턱짓을 했다. 그곳에는 방출 선수로 합류한 노장 투수들이 자리 잡고 있었다.

"하아⋯⋯."

이승민은 그저 한숨이 났다.

강현승이 멋모르고 떠들어도 실망스러울 이야기를 프로 짬밥 좀 자셨다는 양반들이 퍼뜨리고 있으니 이건 대놓고 물을 흐려보겠다는 거나 다름없었다.

"아무튼, 정훈이 멀쩡하니까 어디 가서 그런 소리 하지 마. 아니! 넌 앞으로 누가 정훈이 이야기해도 끼지 마. 알았어?"

이승민이 팔랑귀인 강현승에게 단단히 주의를 주었다.

마음 같아선 나이 어린 한정훈이 벌써부터 에이스로서 예우 받고 있다는 진실을 알려주고 싶었지만 귀가 얇은 만큼 한없이 가벼운 강현승의 입을 믿을 수가 없었다.

"쳇, 그럼 그렇지."

강현승의 얼굴에 실망감이 번졌다.

아닌 척해도 사람인만큼 혹시나 하는 기대감은 가지고 있었던 모양이었다.

"하아, 진짜 다들 왜 이러냐."

고개를 절레절레 흔들며 이승민이 핸드폰을 집어 들었다. 그리고 어딘가로 빠르게 문자 메시지를 보냈다.

-어이! 에이스 브라더! 돌아가는 분위기가 영 그렇다. 이번에 와서 제대로 실력발휘 좀 해줘라.

이승민의 문자를 받은 한정훈은 피식 웃었다.

그렇지 않아도 새로 연마한 커터와 투심 패스트볼을 시험해 보고 싶어 온몸이 근질거리던 차였는데 제법 괜찮은 무대가 마련된 것 같았다.

3

스톰즈 구단이 오키나와로 전지훈련을 떠난 지 일주일째.

마크 레이토스와 한정훈을 마지막으로 스톰즈 구단의 선수 전원이 베이스캠프에 합류했다.

"통성명은 각자 알아서들 하게 두고. 자체 연습 경기를 치르는 게 어떻겠습니까?"

로이스터 감독이 코칭스태프들을 모아놓고 말했다.

현재 선수들은 똑같은 유니폼만 차려입었을 뿐 서로 겉돌고 있었다.

나이별로, 출신별로, 경력별로.

서로 자신들끼리만 어울리려 하다 보니 코치들조차 난감해할 정도였다.

이런 어색한 분위기를 빨리 수습하기 위해서는 일단 선수들을 서도 부대끼게 만들어줘야 했다.

"인원이 많은데 두 팀으로 나눠야 할까요?"

수석 코치로 합류한 차영석이 물었다.

용병들까지 합류한 선수단은 총 65명이나 됐다. 두 팀으로 나눠서 경기를 치르기에는 그 수가 너무나 많았다.

그렇다고 네 팀으로 나누기에는 야수가 부족했다. 야수들의 포지션까지 감안했을 때 최선은 세 팀이었다.

하지만 그렇게 되면 한 팀이 경기를 치르지 못하는 또 다른 문제가 발생하고 만다.

"부족한 포지션은 서로 돌려쓰면 되지 않을까요?"

"아니죠. 연습 게임을 통해 선수들의 실력을 확인해 봐야 하는데 그렇게 되면 제대로 평가하기 어렵지 않습니까?"

"그럼 젊은 코치들 몇 명 끼워 넣죠?"

"아이고야, 선배님. 그런 말씀 마십시오. 저 방망이 놓은 지 한참 됐습니다."

코치들이 다양한 의견을 내놓았지만 이거다 싶은 묘수는 나오지 않았다.

그 모습을 조용히 지켜보고 있던 알버트가 이동식 화이트 보드 앞으로 다가갔다.

그리고 세 팀이 공평하게 경기를 치를 수 있는 방법을 빠르게 그려 넣었다.

"야구는 9이닝까지입니다. 그러니 이닝을 잘 분배하면 한 경기에 세 팀이 싸우는 게 가능합니다."

알버트의 설명은 간단했다.

팀을 A, B, C로 나눈 뒤에 첫 3회는 A팀과 B팀을 맞붙이고 그다음 3회는 B팀과 C팀을, 그리고 마지막 3회는 A팀과 C팀을 싸우게 만들면 모두가 공평해진다는 것이다.

"그럼 팀은 어떻게 구성해야 합니까?"

코치 중 하나가 알버트를 바라보며 물었다.

경기 방식은 해결이 됐지만 세 팀을 나누는 건 쉽지 않았다.

각자 나름대로 무리지어 움직이다 보니 그들을 막무가내

로 떼어놓기도 쉽지 않을 것 같았다.

"팀의 구성은 감독님께서……."

주목을 받은 알버트가 냉큼 로이스터 감독을 바라봤다.

그러자 로이스터 감독이 씩 웃어 보였다.

능력 있는 사람은 선수든 코치든 가리지 않고 중용하는 게 바로 로이스터식 야구였다.

"크흠, 그럼 간단하게 이렇게 나누었으면 좋겠습니다."

살짝 당황스러워하던 알버트가 이내 자신의 판단대로 세 팀을 분류했다.

신인 선수들로 구성된 A팀.

트라이아웃을 거쳐 올라온 선수들로 이루어진 B팀.

그리고 나머지 선수들을 모아 C팀.

용병들은 오늘 경기에서 배제했다.

일종의 신고식을 겸한 오늘 경기만큼은 국내 선수들로 치르는 게 낫다고 판단한 것이다.

"확실히 이렇게 나누면 선수들도 편하긴 할 겁니다. 하지만 전력적으로 차이가 심하지 않을까요?"

차영석 수석 코치가 조심스럽게 의견을 냈다. 그 말에 동의하듯 로이스터 감독도 넌지시 끼어들었다.

"다른 팀에 비해 B팀이 너무 불리하잖아?"

트라이아웃을 통과했다고 해서 갑자기 실력까지 늘어나는

건 아니었다.

냉정하게 말해 B팀 선수들은 아마추어 수준이었다.

그나마 다른 선수들에 비해 프로 선수가 될 가능성을 보여 줬기 때문에 합격시키긴 했지만 A팀과 C팀의 상대가 되긴 어려워 보였다.

그러자 알버트가 뒷머리를 긁적거리며 대답했다.

"그럼 B팀에 어드밴티지를 주겠습니다."

"어드밴티지? 어떻게?"

"그건 B팀이 결정하게 해야죠."

"하긴, 애들도 아니고 그 정도는 알아서 결정해도 상관없 겠지."

로이스터 감독은 나쁘지 않은 생각이라며 고개를 끄덕거 렸다. 반면 한국 코치들은 하나같이 이해할 수 없다는 표정 을 지었다.

그건 B팀 선수들도 마찬가지였다.

"그러니까…… 뭘 결정하란 말이에요?"

나이가 많다는 이유만으로 B팀의 주장이 된 최일석이 멍 한 얼굴로 차영석 수석 코치를 바라봤다.

"그야…… 난들 알겠냐?"

차영석 수석 코치가 멋쩍게 웃었다.

결정이 나서 이야기를 전하긴 했지만 막막한 건 그 역시도 마찬가지였다.

그때였다.

"그러니까 어떤 어드밴티지를 받을지 알아서 선택하라는 이야기죠?"

한 발 떨어져서 스윙을 하던 선수 하나가 슬그머니 대화에 끼어들었다.

"맞아! 나에리! 너 미국에서 제법 유명한 대학 다녔다고 했지?"

최일석이 반색하며 에릭을 끌어들였다.

자연스럽게 차영석 수석 코치의 시선이 호리호리한 체격의 선수를 향해 움직였다.

에릭 나.

한국 나이로 스물여섯.

재미교포로 미국에서 야구를 배웠다고 했다.

트라이아웃 성적은 전체 16위.

높지도 낮지도 않은 딱 중간 수준이었다.

하지만 당시 심사를 봤던 차영석 수석 코치는 에릭 나의 가능성을 높게 평가했다.

타자로서의 재능은 평범한 수준인데도 불구하고 자신보다 나은 선수들과 경쟁하고 이기는 방법을 알고 있었기 때문이다.

"자네는 무슨 소리인지 이해가 가나?"

차영석 수석 코치가 기대 어린 눈으로 에릭 나를 바라봤다.

그러자 에릭 나가 들고 있던 방망이를 천연덕스럽게 사타구니 사이에 끼워 세웠다.

"간단한 이야기죠. 우리가 우리의 장점과 약점을 파악하고, 그걸 활용할 수 있는 어드밴티지를 정하라는 소리잖아요?"

에릭 나가 별것 아니라는 투로 말했다.

하지만 정작 차영석 수석 코치와 최일석의 표정은 처음보다 더 멍해져 있었다.

"나 참, 그러니까……. 일단 A팀 선발은 한정훈 선수잖아요?"

"그렇겠지."

"그럼 우리가 한정훈 선수를 공략할 수 있느냐는 건데……."

"턱도 없지. 너 한정훈 선수가 세계 청소년 야구 선수권 대회에서 던진 거 못 봤냐?"

"왜 못 봤겠어요? 그때 친구하고 같이 경기장에서 직접 봤는데."

"오오! 정말? 그런데 너 미국에서 대학 다닌다고 하지 않았었냐? 대회는 캐나다에서 열린 거 아니었어?"

"어쨌든! 지금 중요한 건 그게 아니라 우리가 어떻게 하면 한정훈 선수의 공을 칠 수 있을지에 대해서 우리 스스로가 고민을 해야 한다는 거예요."

에릭 나가 예까지 들어가며 설명을 이어갔다. 그러나 애석하게도 최일석은 딱히 이해한 것 같지 않았다.

"그게 가능해?"

"뭐가요? 고민하는 거요?"

"아니, 한정훈 선수의 공을 치는 거."

"그거야…… 어떻게든 찾아봐야죠."

"야, 말 같은 소리를 해라. 한정훈 선수의 공을 칠 수 있었으면 내가 여기 이러고 있겠냐? 진즉에 메이저리그 갔지?"

최일석은 말도 안 되는 소리를 한다며 짜증을 냈다.

프로에 있던 선수들을 비롯해 상당수가 한정훈을 아마추어 투수로 취급하고 있지만 그건 한정훈이 던진 공을 제대로 경험하지 못하고 지껄이는 헛소리에 불과했다.

트라이아웃에 참가하기 전에 최일석은 지인의 추천으로 잠시 베이스 볼 61에서 일한 적이 있었다. 베이스 볼 61에서는 간단한 불펜 포수의 역할일 뿐이라고 말했다.

그래서 아무 생각 없이 찾아갔는데 마운드 위에 한정훈이 서 있었다.

처음에는 누구인지 알아보지도 못했다. 젊어 보여서 그저 프로 입시라도 앞둔 선수인가 싶었다.

하지만 젊은 투수의 손에서 불같은 강속구가 날아들었을 때 최일석은 그제야 자신이 한정훈의 공을 받았다는 사실을 알아챘다.

그렇게 일주일여 간 최일석은 손가락이 삔 이상범을 대신해 한정훈이 던진 공을 수백여 개나 받아냈다.

그리고 뼈저리게 느꼈다. 스톰즈가 안겨준 30억이라는 계약금이 결코 과하지 않았다는 것을 말이다.

'한정훈의 공을 쳐보자고? 타석에 들어서서 오줌이나 지리지 마라.'

최일식은 에릭 나가 제 주제도 모르고 까분다고 여겼다. 하지만 차영석 수석 코치의 생각은 달랐다.

로이스터 감독 이하 모든 코칭스태프가 지켜보는 자체 평가전인데 아무것도 안 하고 있을 수는 없는 일이었다.

"그럼 정훈이한테 패스트볼을 던지지 말라고 해볼까?"

차영석 수석 코치가 슬쩍 운을 뗐다. 그러자 뭔가를 깨달은 최일석의 표정도 달라졌다.

한정훈은 패스트볼만 잘 던지는 게 아니었다.

패스트볼뿐만 아니라 체인지업과 너클 커브도 기가 막혔다.

하지만 패스트볼을 봉인시켜 버린다면? 어쩌면 운 좋게 안타를 때려낼지도 몰랐다.

그러자 에릭 나가 고개를 흔들어 댔다.

"그건 야구가 아니죠."

투수에게 패스트볼을 던지지 말라니. 그건 타자에게 맨손으로 타격하라는 말과 다를 바 없었다.

"그럼 뭘 어떻게 해야 하는데?"

성격 급한 최일석이 추궁하듯 물었다.

"한정훈 선수가 마음껏 공을 던지지 못하는 상황을 만들어야죠. 포수를 바꿔서라도 말이에요."

"……!"

"……!"

순간 차영석 수석 코치와 최일석이 동시에 입을 쩍 하고 벌렸다.

설마하니 그렇게 쉽고 간단한 방법이 있을 줄은 생각지 못한 것이다.

투수와 포수를 묶어서 괜히 배터리라 부르는 게 아니었다.

믿음직스럽지 못한 포수가 미트를 쥐고 있으면 투수도 전력을 다해 공을 던지기가 어려울 수밖에 없었다.

4

A팀의 주전 포수는 박기완이었다.

비록 한일 고교야구 대항전과 세계 청소년 야구 선수권 대회에서 이만호에게 주전 포수 자리를 내주며 살짝 체면을 구기긴 했지만 그렇다고 대형 포수 유망주로서의 가치까지 퇴

색된 건 아니었다.

한정훈도 박기완이라면 안심하고 공을 던질 수 있었다. 이만호처럼 마음을 편하게 해주는 스타일은 아니지만 포수로서의 능력만큼은 나무랄 데가 없었다.

그나마 유일한 단점으로 지적되던 게 고집스럽고 독선적인 포수 리딩이었다.

설사 프로에 가서 경력 많은 투수를 상대하더라도 자신의 스타일을 포기하지 않을 것이라는 게 주된 평가였다.

겉으로 내색하진 않았지만 박기완도 주변의 평가를 인정하고 있었다. 하지만 자신의 스타일을 바꿀 생각은 없었다.

그렇지만 단 한 사람만은 예외였다.

마운드에 선 투수가 한정훈이라면, 그의 진짜 공을 받을 수 있다면 얼마든지 타협을 할 의사가 있었다.

"정훈아, 이게 일반 체인지업이고 이게 흘러나가는 체인지업이지?"

"네, 사인을 놓칠 수도 있으니까 너무 빨리 움직이지는 마세요."

"그래, 알았어. 만약에 두 번 이상 사인이 마음에 안 들면 네가 던지고 싶은 거 던져."

"에이, 형이 던지라는 대로 던지면 될 텐데요. 뭘."

한정훈과 박기완이 마주 보며 웃었다. 하지만 B팀은 박기완이 포수석에 앉는 걸 두고 볼 생각이 없었다.

"기완아, 너 3루 수비도 가능하지?"

갑작스런 장성오 코치의 물음에 박기완의 표정이 굳어졌다. 그러자 마음 약한 장성오 코치가 박기완을 살살 달랬다.

"B팀하고 경기할 때만 3루 좀 보자. 응? 대신 C팀하고 경기할 때는 끝날 때까지 마스크 쓰게 해줄게."

"하아……."

박기완은 마지못해 고개를 끄덕였다.

그리고 박기완을 대신해 2라운드 마지막 순위로 지명된 이재신이 마스크를 쓰게 됐다.

"정훈아, 걱정하지 말고 맘껏 던져. 다 받아낼게. 알았지?"

기회가 찾아오자 이재신은 신이 났다.

오늘 경기에서 좋은 모습을 보인다면 박기완을 제치고 스톰즈의 주전 포수가 될지도 모른다는 착각에 빠진 것이다.

그러자 한정훈의 공은 이재신이 지금껏 받아왔던 고등학교 투수들의 공과는 질적으로 달랐다.

펙!

한정훈이 가볍게 던진 초구가 이재신의 미트 위를 때리고 튕겨 올랐다.

이어지는 2구와 3구째도 마찬가지.

다른 투수들보다 패스트볼의 낙폭이 적다는 사실을 이재

신은 쉽게 간파해 내지 못했다.

"하아, 환장하겠네."

3루 선상에 서서 그 모습을 지켜보던 박기완이 고개를 흔들어 댔다.

미트를 엉뚱하게 들어 올릴 때부터 불안하다 했는데 역시나였다.

공의 궤적을 읽지 않고 습관처럼 미트를 뻗어대니 제대로 포구가 될 리 없었다.

게다가 프레이밍도 눈에 거슬렸다.

누구에게 어디서 어떻게 배웠는지는 몰라도 포구 때마다 손목을 과하게 사용하고 있었다.

무브먼트가 심한 공은 정석대로 포구하는 게 기본인데 겉멋만 들었으니 포구 지점이 엇나가는 게 당연했다.

저래서는 한정훈이 아니라 이승민이나 강현승이 마운드에 올라도 똑같은 짓을 할 것 같았다.

한정훈이 보기에도 이재신의 포구 능력은 확연하게 떨어졌다. 박기완과 이만호와는 비교하는 게 미안할 정도였다.

하지만 그렇다고 포수 탓만 하고 있을 수는 없었다.

연습 투구는 다 던졌다. 그리고 더 이상 바꿀 포수도 없었다.

"후우……."

한정훈은 천천히 숨을 골랐다.

앞으로 경기를 치르다 보면 낯선 포수와 호흡을 맞춰야 하는 경우도 종종 생길 것이다.

그때를 대비하는 훈련이라고 여기니 마음이 한결 차분해졌다.

'구속을 줄이고 코스를 단순하게 가자.'

한정훈은 어렵지 않게 해결책을 떠올렸다.

어차피 자체 청백전이다. 함께 테스트를 받는 입장이라면 또 몰라도 굳이 용을 써서 잘 던지려 노력할 필요는 없었다.

한정훈이 투수판을 밟자 이재신이 바들거리며 미트를 들어 올렸다.

코스는 한가운데.

방망이를 짧게 잡고 들어선 타자가 노리기 딱 좋은 코스였지만 지금은 다른 방법이 없었다.

한정훈도 가볍게 고개를 끄덕이고 사인대로 공을 던져 주었다.

후아앗!

빠르게 손끝을 빠져나간 공이 순식간에 미트 속에 틀어박혔다.

"후우……."

좌타석에 들어선 조윤재가 고개를 흔들었다.

구속이 빠르다는 건 알았지만 한가운데로 들어오는 공을

보고도 칠 엄두조차 내지 못했다는 사실이 당혹스럽기만 했다.

반면 이재신은 들뜬 숨을 몰아쉬었다.

"후우, 후우."

또 놓치면 어쩌나 지레 겁을 먹었었는데 이제야 드디어 몸이 풀리는 모양이었다.

약간의 자신감을 회복한 이재신이 바깥쪽으로 빠지는 체인지업을 주문했다.

연습 투구 때 받아보진 못했지만 체인지업쯤은 얼마든지 받아낼 자신이 있었다.

한정훈은 피식 웃었다.

아직 미덥진 못했지만 포구 능력이 부족하다는 이유로 패스트볼만 요구하는 포수들보다는 백번 나아 보였다.

투수판을 밟은 뒤 한정훈은 초구와 똑같은 타이밍으로 체인지업을 던졌다.

그 모습에 속은 타자는 패스트볼이라고 생각하고 무작정 방망이를 휘둘렀다.

팍. 투둑.

타자의 호쾌한 스윙에 깜짝 놀라 공을 떨어뜨린 이재신이 또다시 울상을 지었다.

그 모습을 한편에서 지켜보던 테너 제이슨이 땅이 꺼져라 한숨을 내쉬었다.

"포수는 공도 못 잡고 타자는 보지도 않고 휘두르고. 내가 이런 팀에서 공을 던져야 하다니."

그러자 옆에 앉아 있던 루데스 마르티네즈가 기다렸다는 듯이 맞장구를 쳐 댔다.

"이런 경기인 줄 알았으면 호텔로 돌아갈걸 그랬어."

포수가 갑자기 바뀌면서 상황이 달라지긴 했지만 용병들의 눈에도 형편없어 보이는 게 바로 스톰즈의 현 주소였다.

그렇다 보니 옆에 앉아 있던 통역 전담 직원조차 뭐라 변명하지 못했다.

"그런데 코리안 쇼크 말이야. 원래 구속이 저 정도였나? 날이 쌀쌀한 걸 감안해도 저건 95mile/h(≒152.8㎞/h) 정도밖에 안 나올 거 같은데?"

조시 스펜서도 잡담에 끼어들었다.

미국에서도 떠들썩하게 보도가 되어 제법 기대를 하고 왔건만 한정훈의 투구는 그다지 강한 인상을 주지 못했다.

"그래도 네가 전력을 다해 던지는 것보다는 빠를 텐데?"

옆에 앉아 있던 테너 제이슨이 어처구니없다는 얼굴로 조시 스펜서를 바라봤다.

한정훈이 기대만큼 빠른 공을 던지지 못하는 건 사실이지만 최고 구속이 93mile/h(≒149.6㎞/h)에도 미치지 못하는 조시 스펜서가 지껄일 말은 아니었다.

"뭐야? 지금 아빠 때문에 한국에 끌려왔다고 심통이라도 내는 거야?"

조시 스펜서도 지지 않고 언성을 높였다.

난잡한 사생활과 거친 언행으로 구단주에게 단단히 찍힌 테너 제이슨을 한국으로 보낸 게 아버지인 랜디 제이슨이라는 사실은 공공연한 비밀이나 마찬가지였다.

"뭐? 이 자식이!"

테너 제이슨이 발끈하며 몸을 일으켰다. 조시 스펜서도 기다렸다는 듯이 눈을 부라렸다.

그때였다.

"조용히. 경기 중이다."

마크 레이토스의 나직한 한마디가 상황을 정리했다.

"쳇."

제아무리 막 나가는 악동이라 해도 메이저리그 풀타임 선발투수였던 마크 레이토스의 말은 무시하기 어려웠다. 그건 조시 스펜서도 마찬가지.

"시끄럽게 해서 미안합니다."

마크 레이토스에게 냉큼 고개를 숙이고는 언제 그랬냐는 것처럼 마운드로 눈을 돌렸다.

잠깐 더그아웃이 시끄러웠던 사이 한정훈은 두 타자를 삼진으로 처리하고 세 번째 타자를 맞이하고 있었다.

우타석에 들어선 타자는 장광수.

트라이아웃 전제 1위의 성적을 낸 선수였다.

'패스트볼은 버리고 체인지업만 노린다.'

앞선 두 타자는 한정훈의 공을 맞춰보지도 못하고 물러났다.

어떤 순서로 타순이 정해졌는지는 몰라도 명색이 팀의 3번인데 같은 꼴을 당할 수는 없었다.

어떻게든 치고야 말겠다는 장광수의 의지가 표정을 통해 한정훈에게 전해졌다.

'체인지업 달라고 얼굴에 쓰여 있네……'

한정훈은 쓴웃음이 났다. 패스트볼만큼이나 구속을 낮춘 체인지업이 타자들의 눈에 만만하게 들어온 모양이었다.

그런 줄도 모르고 이재신은 바깥쪽 체인지업을 요구했다.

앞선 두 타자가 체인지업 타이밍을 맞추지 못했으니 장광수도 그럴 것이라고 여긴 모양이었다.

잠시 고심하던 한정훈이 이내 고개를 끄덕거렸다.

포수도 원하고 타자도 원하는데 체인지업 하나 던져 주는 게 어려울 건 없었다.

다만, 지금까지 던지지 않았던 체인지업을 던져 줄 생각이었다.

후아앗!

한정훈의 손끝을 빠져나간 공이 다소 밋밋하게 바깥쪽으로 흘러 나갔다.

그러자 하나, 둘 속으로 타이밍을 재던 장광수가 있는 힘껏 방망이를 휘둘렀다.

'젠장!'

장광수가 정확하게 타이밍을 맞추자 이재신의 얼굴이 딱딱하게 굳어졌다.

여기서 한정훈이 안타를 허용한다면 모든 게 자신의 잘못이 될 것만 같았다.

그런데…….

"……!"

"……!"

포수와 타자를 농락하듯 떨어질 줄 알았던 체인지업이 바깥쪽을 타고 흘러 나가기 시작했다.

변종 체인지업.

파악!

방망이 끝에 아슬아슬하게 걸린 타구가 1루 라인 밖으로 굴러 나갔다.

동시에 장광수와 이재신이 놀란 얼굴로 한정훈을 바라봤다.

"아! 미안해요."

한정훈은 능청스럽게 오른손으로 자신의 가슴을 두드렸다.

마치 사인을 잘못 봐서 엉뚱한 구종을 던지기라도 한 것처럼 말이다.

하지만 장광수와 이재신은 한정훈의 뻔한 제스처에 속지 않았다.

'일부러 던졌어.'

'일부러 그런 거잖아!'

장광수와 이재신의 얼굴이 동시에 굳어졌다. 그들을 상대로 한정훈이 간결하게 2구를 내던졌다.

파앙!

2구는 한복판을 찌르는 패스트볼.

체인지업에 넋이 나가 있던 장광수는 그저 바라볼 수밖에 없었다.

'3구는 뭐지? 또다시 흘러 나가는 체인지업인가? 아니면 패스트볼?'

한정훈에게 두 종류의 체인지업이 있다는 사실만으로도 장광수의 머릿속은 복잡해졌다.

그나마 컨택 능력이 좋은 타자라면 히팅 포인트를 단순하게 가져갔겠지만 철저하게 잡아당기는 스타일의 장광수는 어떤 공을 대처해야 할지 난감하기만 했다.

그건 자신감이 업 다운을 반복하는 이재신도 마찬가지였다.

체인지업은 그나마 받을 만했지만 타자가 노리고 있었다.

그렇다고 2구째와 마찬가지로 또다시 한가운데 패스트볼을 요구하기도 어려웠다.

잠시 고심하던 이재신이 이내 가운데로 미트를 들어 올렸다.

사인은 체인지업.

만약 초구처럼 횡으로 변하는 체인지업이 날아든다면 차라리 한가운데서 잡아야 뒤로 빠뜨리지 않을 것 같았다.

'그래도 센스는 있어.'

한정훈이 가볍게 고개를 끄덕거렸다. 그래 놓고는 정작 엉뚱한 그립을 손에 쥐었다.

한정훈이 투수판을 밟자 장광호도 반사적으로 방망이를 추켜세웠다.

하지만 지나치게 긴장한 나머지 딱딱하게 굳어버린 자세로는 치라고 던져 주는 아리랑 볼도 제대로 맞추기 어려울 수밖에 없었다.

하물며 너울너울 춤을 추는 너클 커브라면 상황은 뻔했다.

"크으윽!"

히팅 포인트조차 잡지 못하고 공을 지나치고 만 장광수.

"어……!"

놀란 눈으로 허둥대가 엉겁결에 포구를 한 이재신.

"스트라이크. 아웃!"

두 사람을 다시 한 번 놀라게 한 뒤 한정훈이 유유히 마운드를 내려왔다.

그러자 마크 레이토스의 입에서 나직한 탄성이 흘러 나왔다.

"제대로군. 제대로야."

마크 레이토스도 한정훈에 대해서는 귀에 딱지가 이도록 들어 잘 알고 있었다.

100mile/h에 이르는 패스트볼을 주 무기로 두 종류의 체인지업을 던지며 타자를 농락하는, 제구와 구위를 동시에 갖춘 투수.

처음 그 이야기를 들었을 때는 영화 속 주인공인가 싶었다.

100마일대의 패스트볼 하나로도 부러운데 다양한 체인지업을 던질 만큼 손재주도 좋고 거기에 제구까지 갖추었다니.

이렇게 인간미 없는 투수는 실로 오랜만이었다.

하지만 마크 레이토스는 지금까지 들어왔던 한정훈보다 조금 전 자신의 눈으로 지켜본 한정훈에게 더 관심이 생겼다.

구속, 제구, 무브먼트.

하나같이 기대 이하였다.

하지만 결과는 세 타자 연속 3구 삼진.

마치 의도했다는 것처럼 태연하게 마운드를 내려오는 모습에 헛웃음이 날 지경이었다.

그러나 테너 제이슨과 조시 스펜서는 마크 레이토스의 반응이 전혀 와 닿지 않았다.

"레이토스, 왜 저래?"

"글쎄, 놀란 게 아니라 비꼬는 거 아닐까?"

"네 생각에도 그렇지? 레이토스가 고작 저딴 투구에 감탄할 이유가 없잖아. 안 그래?"

"크흠, 솔직히 네 녀석이 마음에 들진 않지만 네가 훨씬 나아 보이는데?"

"짜식, 그런 당연한 소리도 할 줄 알다니! 마음에 들었다."

"뭐야, 그 건방진 표정은? 잠깐이지만 메이저리그는 내가 한참 선배거든?"

테너 제이슨과 조시 스펜서만큼이나 C팀의 선수들도 실망스럽다는 반응이 대부분이었다.

"한정훈도 별거 없네요."

"날이 추워서 그런가? 애가 벌써부터 몸을 사리네."

"어깨가 좋지 않다더니 사실인가 봐요."

"끄응, 그럼 큰일이잖아. 한정훈이라도 있어야 성적이 좀 날 텐데. 안 그래?"

C팀 선수들은 한정훈과 자신들이 같은 유니폼을 입고 있다는 사실을 망각했다.

처음에는 조용히 쑥덕거리더니 마운드를 내려올 쯤에는 아예 다른 구단 선수인 것처럼 비아냥댔다.

"한심하기는."

들다 못한 배용수가 혼잣말처럼 중얼거렸다. 하지만 굳이 나서서 다른 선수들을 나무라진 않았다.

30억 슈퍼 루키 한정훈.

팀의 보호 명단에도 들지 못하고 이적한 C팀 선수들.

프로의 세계는 냉정하다. 오로지 실력으로 말할 뿐이다.

그리고 그 실력의 결과물이 바로 연봉이었다.

세 타자를 노련하게 잘 잡아내긴 30억의 계약금을 받은 슈퍼 루키에게는 어울리지 않은 투구였다.

한정훈 스스로 논란의 불씨를 지핀 감이 없지 않으니 배용수도 차마 두둔하긴 어려웠다.

"한정훈, 좀 더 제대로 던져 봐. 네 실력이 이것뿐인 건 아니잖아?"

태연하게 음료수를 들이켜는 한정훈을 향해 배용수가 뜨거운 시선을 보냈다.

좀 더 강인한 인상을 보여주지 못한다면 보잘것없는 선배들의 질투가 점점 심해질 것만 같았다.

5

A팀과 B팀의 첫 3이닝 경기는 순식간에 끝났다.

B팀 타자들은 한정훈에 이어 등판한 이승민과 강현승의 공을 제대로 공략해 내지 못했다.

마찬가지로 A팀 타자들도 다양한 변화구를 앞세운 B팀 선발 정희운에게 고전했다.

매 이닝 득점권까지 주자를 출루시키긴 했지만 끝내 홈으로 불러들이는 데 실패했다.

최종 스코어 0 대 0.

B팀 입장에서는 최고의 결과였지만 A팀 선수들은 아쉬움을 감추지 못했다.

그러나 단 한 명. 박기완만은 예외였다.

"후우, 미트가 이렇게 반가울 줄이야."

잠시 벗어두었던 미트를 손에 끼며 박기완이 씩 웃었다.

그러고는 다시 등판을 준비하는 한정훈의 엉덩이를 힘껏 때렸다.

"정훈아, 가자!"

한정훈도 한결 상기된 얼굴로 박기완을 따라 나섰다.

재차 마운드에 오르기까지 대기 시간이 제법 길었지만 어깨는 여전히 뜨거웠다.

이승민과 강현승이 마운드를 지키는 동안 부지런히 불펜 피칭을 한 덕분이었다.

오히려 전력투구를 하지 못해서 온몸이 근질근질한 상태

였다.

그런 줄도 모르고 1번 타자로 나선 이용욱이 슬쩍 번트 자세를 취했다. B팀을 상대로 한 투구만 보고 한정훈의 공을 만만히 여긴 것이다.

"진짜 번트 대시려는 건 아니죠?"

박기완이 이용욱를 힐끔 쳐다보며 물었다. 그러자 이용욱이 싸늘한 목소리로 경고했다.

"짬도 안 되는 게 주둥이 털지 마라."

이용욱은 박기완이 자신의 집중력을 흐트러뜨리기 위해 일부러 깝죽거린 것이라고 생각했다.

하지만 박기완이 말을 건 이유는 따로 있었다.

'투심 사인 낼 건데 괜찮으려나?'

잠시 고심하던 박기완이 계획대로 몸 쪽 투심 패스트볼을 주문했다.

한정훈이 스프링캠프를 통해 새로 익힌 구종을 갈고 닦겠다는 목표를 세운 이상 최대한 자주 요구할 생각이었다.

'초구부터 몸 쪽이라.'

박기완의 사인을 확인한 한정훈이 쓴웃음을 지었다.

타자가 번트 자세를 취하고 있는데 몸 쪽으로 바짝 붙이라니.

과연 과감한 승부를 즐기는 박기완다웠다.

그러나 한정훈은 고개를 젓지 않았다.

보란 듯이 고개를 끄덕거린 뒤 곧바로 투구 동작으로 이어
갔다.

후아앗!

손끝을 타고 빠져나간 공이 빠르게 타자의 몸 쪽으로 날아
들었다.

"으억!"

순간 이용욱이 외마디 비명을 내지르며 뒤로 넘어졌다.

번트 자세에 열이 받은 한정훈이 일부러 위협구를 던졌다
고 여긴 것이다.

그러나 타자를 맞출 것처럼 날아들던 공은 중간에 궤적을
바꾸어 포수의 미트 속으로 순식간에 빨려 들어갔다.

코스도 아슬아슬하게 스트라이크.

하지만 구심을 맡은 조인상 배터리 코치는 스트라이크 콜
을 하지 않았다. 아니, 놓쳐 버렸다.

그만큼 한정훈이 던진 투심 패스트볼이 충격적이었기 때
문이었다.

'투심을 익힌다는 소문은 들었지만 이 정도라니! 허허. 이
거 진짜 플레잉 코치로 뛰어야 하나?'

대전 이글스와 2년 계약이 만료된 조인상은 미련 없이 은
퇴를 선언했다.

그리고 여러 구단의 러브콜을 뿌리치고 스톰즈의 배터리

코치 제안을 받아들였다.

이유는 간단했다. 오직 스톰즈 구단에서만 플레잉 코치를 제안했기 때문이다.

내심 기분은 좋았지만 조인상은 플레잉 코치에서 플레잉이라는 단어를 지워 버렸다.

솔직히 말해 이제 와 다시 포수 장비를 착용하고 싶진 않았다. 한두 경기라면 모를까 경험이 부족한 선수들의 백업으로 뛰기에는 몸도 마음도 따라주지 않았다.

하지만 한정훈 같은 투수가 있다면 이야기는 달랐다.

특히나 조금 전 던진 투심 패스트볼은 박찬오를 연상시킬 만큼 훌륭했다.

2006년 월드 베이스 볼 클래식에서 조인상은 박찬오가 던진 공을 몇 번이나 떨어뜨린 경험이 있었다.

전성기를 지나 하향세로 접어들던 시점이었지만 박찬오의 공은 어느 것 하나 만만한 게 없었다.

특히나 박찬오의 투심 패스트볼은 어마어마했다.

좌타자를 맞출 듯 날아들다가 순식간에 방향을 바꾸어 포수 미트 속으로 빨려 들어가는 공의 궤적은 잔인하리만치 아름다울 정도였다.

조금 전 한정훈이 던진 투심 패스트볼은 놀랍게도 박찬오의 투심 패스트볼을 닮아 있었다.

물론 위력 면에서 박찬오의 투심 패스트볼과 비교하긴 무리였다.

하지만 한정훈의 나이를 고려했을 때 2, 3년 안에 박찬오조차 혀를 내두르게 만드는 투심 패스트볼을 던질 것만 같았다.

박찬오와 호흡을 맞춘 이후로 조인상은 박찬오 같은 투수와 한 팀에서 뛰기를 갈망했다.

월드 베이스 볼 클래식에서 느꼈던 그 짜릿한 포구감을 다시 한 번 느껴보고 싶었다.

그런데 하늘의 농간인지 막 은퇴를 결정하기가 무섭게 한정훈이라는 괴물 같은 신인이 등장했다.

"기완아, 너 진짜 잘해야겠다."

조인상이 코앞에 주저앉은 애제자 박기완의 헬멧을 툭 하고 내려쳤다.

주전 포수로 점찍어 놓은 박기완이 잘해야 조인상도 미련 없이 가르치는 데 전념할 수 있을 것 같았다.

만에 하나라도 박기완이 실망스러운 모습을 보여주면 계약서에서 지웠던 플레잉이라는 단어를 다시 붙여넣게 될지도 몰랐다.

하지만 조인상의 속내를 짐작조차 하지 못한 박기완은 잘하라는 말을 다른 뜻으로 받아들였다.

'역시 프레이밍인가?'

박기완은 조금 전 공을 조금 더 스트라이크존으로 끌어들이지 못한 걸 후회했다.

생각은 하고 있었는데 한정훈의 투심 패스트볼이 워낙 변화무쌍하다 보니 포구 위치가 애매했던 것도 같았다.

'이래선 승부처에서 투심을 쓸 수가 없잖아. 정신 차리자, 박기완.'

마음을 다잡듯 박기완이 주먹으로 미트를 탕탕 때렸다.

그러자 이용욱이 짜증스럽게 타임을 부르고는 박기완을 노려봤다.

"너, 이 새끼. 일부러 이러냐?"

"……예?"

"뭐 이런 싸가지없는 새끼들이 다 있어? 니들 눈에는 선배고 뭐고 없다, 이거야?"

이용욱이 신경질적으로 방망이를 집어 던졌다.

쓸데없이 말을 걸고 몸 쪽 위협구를 던지게 만든 것만으로도 진즉 열이 받아 있었는데 계속해서 신경 쓰이게 만드는 게 꼭 자신을 엿 먹이려고 작정한 것처럼 느껴졌다.

하지만 그저 열심히 해야겠다고 스스로를 다독거린 게 전부인 박기완은 억울하기만 했다.

그렇다고 프로 8년 차인 이용욱에게 꼬박꼬박 말대답을 할 수도 없었다.

"이용욱, 적당히 안 해? 경기 중에 뭐 하는 짓이야?"

보다 못한 조인상이 나서서 사태를 수습했다.

"너, 이 새끼. 나중에 두고 보자."

이용욱이 빠득 이를 갈며 타석에 들어섰다.

표정을 보아하니 경기가 끝나면 선배라는 이유로 기합이라도 줄 것만 같았다.

"후우……."

박기완은 힘겹게 분을 삼켰다.

화가 나고 억울했지만 조인상의 말처럼 지금은 경기 중이었다.

게다가 중심을 지켜야 할 포수가 흔들리면 모든 선수가 영향을 받을 수밖에 없었다.

'몸 쪽 공이 좀 붙었던 것 같으니까 바깥쪽으로 가자.'

박기완이 2구로 바깥쪽 체인지업을 요구했다.

다른 팀과 경기하는 것도 아니고 자체 청백전에서 너무 빡빡하게 리드할 필요는 없다고 생각했다.

그러나 한정훈은 단호하게 고개를 흔들었다. 두 번째로 바깥쪽 패스트볼 사인을 냈지만 마찬가지였다.

'정훈이, 너. 설마……!'

한정훈의 의도를 알아챈 박기완이 눈을 치떴다. 하지만 그때는 이미 한정훈이 키킹을 시작한 뒤였다.

촤라라랏!

거칠게 뻗어 나간 스파이크가 마운드를 요란스럽게 긁어 냈다.

그와 동시에 한정훈의 손끝에서 빠져나온 공이 이용욱의 몸 쪽을 향해 총알처럼 날아들었다.

퍼어엉!

눈 깜짝할 사이에 홈 플레이트를 지난 공이 박기완의 미트를 강하게 후려쳤다.

"으으으!"

이용욱이 자지러지듯 신음했다.

조금 전까지만 해도 신경질로 가득 찼던 그의 두 눈은 못 볼 거라도 본 것처럼 정처 없이 흔들리고 있었다.

포심 패스트볼.

지금의 한정훈을 있게 만들어준 라이징 패스트볼.

그 공이 제대로 이용욱의 몸 쪽을 찔러든 것이다.

"스트라이크!"

뭐 하나 흠잡을 데 없는 완벽에 가까운 투구에 조인상이 탄성 어린 스트라이크 콜을 내뱉었다.

그러자 C팀의 임시 감독을 맡은 수비 코치 박진안이 타임을 부르고 조인상에게 다가갔다.

"뭐야, 형. 그걸 잡아주면 어떻게 해? 스트라이크존 짜게 잡아주기로 한 거 잊었어?"

박진안이 약속이 다르다며 투덜댔다.

자신이 생각해도 어처구니없는 항의이긴 했지만 조금 전 한정훈이 던진 공을 봤을 때 스트라이크존이라도 좁히지 않으면 감당이 되지 않을 것 같았다.

"미안. 내가 깜빡 했다."

조인상이 멋쩍게 웃었다.

그렇다고 마음이 시켜서 스트라이크를 외쳤다는 낯간지러운 소리를 할 수는 없는 노릇이었다.

"살살 좀 하자. 그래도 한솥밥 먹을 사이인데, 응?"

박진안은 박기완에게도 당부했다.

C팀 선수들이 선배랍시고 부리는 텃세가 꼴불견인 건 사실이지만 그렇다고 후배들에게 우스운 꼴을 당하도록 보고만 있을 수도 없는 노릇이었다.

"네, 주의하겠습니다."

박기완이 한정훈을 대신해 박진안에게 고개를 숙였다.

그리고 한정훈을 달래기 위해 마운드 위로 뛰어 올라갔다.

"정훈아, 난 괜찮으니까 살살 하자. 응?"

박기완이 어색하게 웃어 보였다.

하지만 한정훈은 그 모습이 꼭 억지로 화를 참고 있는 것처럼 느껴졌다.

"아까 박진안 코치님이 뭐라고 하신 거예요?"

"응? 아…… 그게……. 너, 너무 잘 던진다고."

"형, 앞으로 형이 제 마누라예요."

한정훈이 단호한 목소리로 말했다.

투수는 포수를 믿고 공을 던지는데 포수가 딴마음을 먹고 있으면 그 경기는 결코 이길 수가 없었다.

"하아……. 젠장할."

박기완이 어쩔 수 없다는 듯 엿들었던 이야기를 들려주었다.

"뭐, 대충 예상은 했어요."

한정훈은 대수롭지 않게 고개를 끄덕거렸다.

초구가 스트라이크 콜을 받지 못했을 때 어느 정도 예상은 하고 있었다.

B팀에게 어드밴티지가 적용된 만큼 C팀도 그러지 말라는 법은 없었다.

다만 그 사실을 사전에 알려주지 않은 건 좀 짜증이 났다.

나이 어린 에이스 투수의 위기관리 능력과 상황 대처 능력을 시험해 보려던 것이라면 웃어넘길 수 있겠지만 그런 이유보다는 왠지 C팀 선수들의 사기 진작을 위해 숨겼을 가능성이 농후해 보였다.

'스트라이크존을 좁히겠다고? 좋아. 소원대로 던져 드리지.'

한정훈은 빠득 이를 갈았다.

그리고 한가운데를 향해 포심 패스트볼을 꽂아 넣었다.

파아앙!

이용욱이 뒤늦게 방망이를 휘둘러봤지만 공은 진즉에 포수 미트 속에 빨려 들어가 있었다.

"스트라이크!"

조인상이 기다렸다는 듯이 소리쳤다.

이로써 볼 카운트는 투 스트라이크 원 볼.

투수에게 절대적으로 유리한 상황이 됐다.

"젠장할!"

한껏 욕지거리를 내뱉던 이용욱이 방망이를 짧게 잡았다.

B팀과의 경기 때보다 한정훈의 공이 더 빠르고 매서워졌지만 명색이 프로 선수로서 이대로 당하고 있을 수만은 없었다.

그러나 한정훈은 이용욱은 물론이고 C팀 선수들에게 맞아줄 생각이 눈곱만큼도 없었다.

"형, 귀찮게 사인 내지 마요. 난 한가운데로만 던질 테니까."

혼잣말처럼 중얼거리며 한정훈이 있는 힘껏 공을 던졌다.

퍼어엉!

또다시 공이 방망이보다 먼저 홈 플레이트를 꿰뚫어버렸다.

"스트라이크, 아웃!"

이용욱은 방망이조차 내밀어 보지 못하고 물러났다. 그를 대신해 우타자 고영인이 타석에 들어섰다.

"계속해서 패스트볼을 던져 주면 나야 고맙지."

가볍게 리듬을 타며 고영인이 혼잣말처럼 중얼거렸다.

하지만 그 이야기를 들은 박기완은 속으로 코웃음을 쳤다.

'그렇게 하면 제가 사인을 바꿀 줄 아시나 본데……. 저 아까부터 사인 안 내고 있거든요?'

고영인은 이용욱 때문에 박기완이 열이 받아서 한복판 패스트볼 사인을 낸다고 생각했다.

그러나 아까부터 볼 배합을 주도하고 있는 건 한정훈이었다.

퍼엉!

퍼엉!

퍼엉!

한정훈은 인정사정 봐주지 않고 3구 연속으로 한가운데에 패스트볼을 꽂아 넣었다.

고영인도 이를 악물고 방망이를 휘둘러봤지만 소용없었다.

3구 중 단 한 개도 건드리지 못하고 고개를 숙여야 했다.

고영인에 이어 타석에 들어온 오성복도 한가운데로 들어오는 한정훈의 포심 패스트볼을 공략해 내지 못했다.

평소 패스트볼에 자신이 있었고 투수들의 실투를 놓치지 않는 편이었지만 제대로 힘이 실린 한정훈의 공은 위압감부터가 달랐다.

무브먼트도 어마어마해서 살아서 뻗어 오르는 듯한 느낌

이었다.

"괜찮아, 괜찮아."

"다음번에 잘 치면 되지."

고개를 숙이고 들어오는 오성복을 C팀 선수들이 위로했다. 하지만 하나같이 표정은 어두웠다.

정말로 한정훈의 공을 쳐 낼 수 있다고 벼르는 타자는 보이지 않았다.

어쩌면 당연한 일.

C팀 선수 중 타격 능력이 좋은 세 선수가 공을 쳐 내지도 못했는데 자신들이라고 다를 건 없다고 판단한 것이다.

"저 재수 없는 녀석, 다음 이닝도 올라오는 거 아니겠지?"

"아까도 이승민하고 강현승이 한 이닝씩 책임졌잖아. 이번에도 그러지 않을까?"

"아무튼 마음에 안 드는 녀석이라니까. 저렇게 던질 거면 B팀한테도 그렇게 던지지. 누구 놀리는 것도 아니고."

"하아……. 이래서 잘난 후배는 골치 아프다고."

몇몇 선수는 여전히 한정훈을 씹어댔다. 그렇게라도 하지 않으면 초조해서 견딜 수가 없었던 것이다.

그러나 애석하게도 동조하는 이들이 눈에 띄게 줄어들었다.

더럽고 치사해도 야구에서 제일 중요한 건 실력이었다.

어느 정도 실력으로 비비고 들어갈 정도는 되어야 나이를 들이밀 텐데…… 이건 너무 압도적이었다.

'제발 이승민이 나와라.'

'한정훈! 이 새끼야, 형들도 먹고 살아야지!'

말은 하지 않았지만 C팀 타자들은 한목소리로 다른 투수가 올라오기를 기다렸다.

하지만 A팀 공격이 끝나고 다시 마운드에 오른 건 애석하게도 한정훈이었다.

B팀과의 경기에서야 이재신을 배려해 이승민과 강현승에게 기회를 양보했지만 박기완이 포수 마스크를 쓰고 있는 한 그럴 필요가 없었다.

"정훈아, 기왕 이렇게 된 거 맘껏 던져라. 사인은 내가 냈다고 할 테니까."

포수석에 앉은 박기완이 보란 듯이 한가운데 패스트볼 사인을 냈다.

어리다고 무시 받는 A팀 선수들을 위해 한정훈이 저렇게 열심히 던져 주는데 혼자 덤터기를 쓰게 놔두고 싶지는 않았다.

박기완의 사인을 확인한 한정훈은 피식 웃었다.

굳이 저러지 않아도 괜찮은데 무거운 짐을 함께 짊어지겠다는 박기완이 고맙고 든든했다.

"그럼 더 열심히 던져 볼까?"

로진 백을 가볍게 두드린 뒤 한정훈은 공을 단단히 움켜쥐었다. 그리고 저만치 보이는 박기완의 미트를 향해 있는 힘껏 공을 내던졌다.

파앙!

경쾌한 포구음과 함께 박기완의 미트가 들썩거렸다.

"스트라이크!"

조인상의 스트라이크 콜이 울리자 타석에 들어선 김주현이 고개를 절레절레 흔들어 댔다.

더그아웃에서 볼 때도 어마어마했는데 막상 타석에 서서 보니 칠 엄두가 나지 않았다.

간결한 투구 폼으로 최대한 앞까지 끌고 나와 공을 때려대는데 타격 타이밍을 잡기조차 어려웠다.

'하나만 더 지켜보자.'

김주현은 애써 인내심을 가졌다.

하지만 그런다고 해서 한정훈의 공을 칠 뾰족한 수가 생기는 건 아니었다.

"스트라이크, 아웃!"

결국 볼카운트가 몰린 김주현은 헛스윙 삼진으로 물러났다.

5번 타자와 6번 타자도 마찬가지.

한가운데로 날아드는 공에 속수무책 당하고 말았다.

따앗!

한정훈의 공을 처음으로 맞춘 건 7번 타자 김용일이었다.

장타력은 없지만 가져다 맞추는 재주는 수준급이라는 본인의 장점을 최대한 살려 방망이를 짧게 잡고 간결하게 스윙해 낸 결과였다.

하지만 어떻게든 내야로 밀어낼 수 있을 거라 여겼던 타구는 포수 뒤쪽으로 넘어가 버렸다.

타이밍은 맞췄는데 공의 위력을 이겨내지 못한 것이다.

"후우……."

무겁게 한숨을 내쉬며 김용일이 마음을 다잡았다.

파울이긴 해도 처음으로 공이 맞았으니 한정훈도 평정심이 무너졌을 터.

이제부터가 진짜 승부라고 여겼다.

'또 한가운데로 던지지는 않겠지.'

김용일이 슬쩍 박기완을 바라봤다.

아니나 다를까. 거침없이 사인을 내던 박기완이 주저하는 모습을 보였다.

'제정신이 박힌 녀석이라면 체인지업을 요구하겠지.'

김용일은 머릿속으로 몸 쪽으로 떨어지는 체인지업을 그렸다.

슬라이더가 없는 한정훈이 유인구를 던진다면 그것뿐이라고 확신했다.

그러나 한정훈은 아랑곳하지 않고 또다시 한복판으로 패

스트볼을 집어넣었다.

"스트라이크!"

"젠장할!"

김용일이 질근 입술을 깨물었다.

프로에서 10년을 버텨왔지만 이런 수모는 처음이었다.

'반드시 친다!'

단단히 열이 받은 김용일이 방망이를 힘껏 잡아 쥐었다.

그것을 의식한 듯 한정훈이 더욱 힘껏 공을 던졌다.

파앙!

김용일이 재빨리 방망이를 휘둘러봤지만 공이 더 빨랐다.

"스트라이크, 아웃!"

어느새 목이 쉬어버린 조인상이 차분하게 외쳤다.

뒤이어 8번 타자와 9번 타자도 힘 한 번 써보지 못하고 한
정훈의 공 앞에 무릎을 꿇었다.

9타자 연속 삼진.

이제는 별로 놀랍지도 않을 진기록을 세우며 한정훈이 무
표정한 얼굴로 마운드를 내려왔다.

6

4회부터 6회까지 진행된 A팀과 C팀의 경기도 0 대 0으로

끝이 났다.

변화구 대처 능력이 부족한 A팀 타자들에게 C팀 투수들이 집요하게 변화구 승부를 가져간 결과였다.

"하아, 진짜 이번에는 감이 좋았는데."

마지막 타석에서 외야 플라이로 물러난 황철민이 아쉬운 마음에 방망이를 내려놓지 못했다.

그러자 대기 타석에 서 있었던 박기완이 퉁명스럽게 한마디 했다.

"입으로만 떠들지 말고 다음번에는 좀 쳐라. 이러다 우리 1승도 못하겠다."

한정훈이 제아무리 호투를 한다고 해도 타자들이 점수를 뽑아내지 못하는 한 이길 수가 없었다.

그게 야구라는 스포츠였다.

신인 선수들로 구성된 A팀의 경우 투수 전력은 좋은 편이었다.

한정훈이야 말할 필요조차 없고 이승민이나 강현승도 고교 리그에서는 특급 투수로 평가받던 자원이었다.

둘이 긁히는 날에는 프로 선수라 해도 쉽게 공략해 내기 어려울 것 같았다.

문제는 타자들이다.

득점으로 지원을 해줘야 투수들도 힘을 낼 텐데 좀처럼 정타를 때려내는 타자들이 드물었다.

이래서는 마운드에 오르는 투수들이 정신적으로 피로해질 수밖에 없었다.

"나도 치고 싶다고. 그런데 수준이 다른 걸 어떻게 하냐?"

황철민이 억울하다는 듯 주절댔다.

분명 고등학교 리그에서도 겪어봤던 슬라이더고 체인지업인데 이상하리만치 방망이에 맞지가 않았다.

꼴에 중심 타자랍시고 투수들이 승부를 어렵게 걸어오는 경향도 없지 않겠지만 확실히 문제가 있었다.

그 문제점을 빨리 찾아내지 못한다면 내내 헤맬 것만 같았다.

"너나 나나 이번 캠프에서 죽어라고 해야 해. 알지? 우리라도 정훈이를 도와야 한다는 거."

박기완이 진지한 얼굴로 황철민의 어깨를 움켜쥐었다.

신생팀의 모래알 같은 조직력이 하나가 되기 위해서는 적잖은 시간이 걸린다고 했다.

하지만 그런 팀 사정 때문에 한정훈의 발목을 잡고 싶은 마음은 추호도 없었다.

"시팔, 알았다. 이렇게 된 거 어디 한번 죽어보자."

박기완과 황철민을 시작으로 A팀 타자들이 하나씩 결의를 다졌다.

아쉽게도 A팀에게 주어진 공격 기회는 모두 끝이 났지만 그 변화만큼은 호투를 펼친 한정훈을 만족스럽게 만들었다.

7

마지막으로 진행된 B팀과 C팀의 경기는 C팀의 압도적인 승리로 끝이 났다.

C팀 선발 배용수가 3이닝을 4피안타 1실점으로 틀어막는 동안 한정훈에게 꽁꽁 묶였던 C팀 타자들이 9개의 안타와 6개의 사사구로 7점을 뽑아낸 것이다.

A팀을 상대로 호투한 정희운이 초반에 일찍 무너진 게 뼈 아팠다.

경험 많은 C팀 타자들은 철저한 노림수로 정희운을 2/3이닝 만에 마운드에서 끌어내렸다.

가장 믿을 만했던 정희운이 공략당하면서 승부의 추는 C팀 쪽으로 단번에 기울어버렸다.

그렇게 최종 점수 6점(7득점 1실점)으로 C팀이 첫날 평가전의 승자가 됐다.

하지만 C팀 선수 중 누구도 대놓고 즐거워하지 않았다.

한정훈의 위력 시위 앞에 꼼짝 못 했다는 충격이 크게 작용한 것이다.

"괜찮아. 다음번에는 선배들의 자존심을 확실히 세워보자!"

나이 때문에 C팀의 주장이 된 배용수가 선수들을 독려했다.

그러나 정작 배용수도 자신의 말에 확신을 갖진 못했다.

프로 20년 차를 바라보는 배용수의 눈에도 한정훈은 확실히 대단했다.

공도 공이지만 오늘 보여준 배짱은 놀랍다 못해 두려울 정도였다.

솔직히 자신이 전성기로 돌아간다 하더라도 오늘 한정훈처럼 공을 던지지는 못할 것 같았다.

'그나저나 큰일이네. 이런 식으로 가다간 정훈이만 미운털 단단히 박히게 생겼는데.'

배용수가 안타까운 눈으로 한정훈을 바라봤다.

선배들에게 실력을 뽐낸 것까진 좋았지만 너무 튀었다.

모난 돌이 정 맞는다고 한정훈이 경기 외적으로 힘들어지진 않을까 걱정이었다.

하지만 정작 한정훈은 담담한 얼굴이었다.

에이스로서 받는 시기와 질투? 이 정도는 충분히 감내할 수 있는 일이었다.

이보다 더 끔찍한 건 무관심과 외면이었다.

실력도 없으면서 경력만 믿고 후배들의 앞길을 막는다는 질책과 비난이었다.

어차피 하루아침에 달라질 거라고는 생각하지 않았다.

뻗대지 않고 한정훈이 먼저 고개를 숙이고 들어간다고 해서 모든 게 좋아질 거라는 보장도 없었다.

결국 이 시점에서 한정훈이 할 수 있는 일은 하나뿐이었다.

에이스로서 확실한 신뢰를 주는 것.

30억 슈퍼 루키라는 편견과 선입견에서 벗어나기 위해서는 지금보다 더 좋은 모습을 보여주어야만 했다.

그것이 에이스로서 신생팀 스톰즈에게 도움이 되는 진정한 길이었다.

8

이틀 뒤.

같은 방식으로 두 번째 청백전이 진행됐다.

이날 경기에서 한정훈은 휴식을 취했다.

첫날 투구 수가 많지는 않았지만 에이스랍시고 모든 경기를 혼자 던질 수는 없는 일이었다.

강현승은 B팀을 맞아 3이닝 무실점으로 호투했다.

반면 이승민은 조금 고전했다. 3이닝 3피안타 2실점.

패스트볼은 좋았지만 변화구가 장타로 이어지며 패전의 멍에를 짊어져야 했다.

최종 승리는 2승을 챙긴 C팀에게 돌아갔다.

A팀은 B팀을 잡고 1승 1패를 기록했다.

B팀은 두 경기 연속 최하위로 처졌다.

그리고 사흘 뒤.

세 번째 청백전이 시작됐다.

"오늘부터는 용병들도 경기에 투입할 예정이다."

경기에 앞서 로이스터 감독이 각 팀 주장들을 불러 모았다. 그리고 전력에 맞게 용병들을 뽑아가라고 주문했다.

단 마크 레이토스는 예외였다. 계약이 늦은 탓에 아직 컨디션이 올라오지 않은 상태였다.

"우리가 제일 약하니까 두 명 데려가겠습니다."

최일석은 에릭 나와 상의한 끝에 테너 제이슨과 토니 윌커슨을 골랐다.

뒤이어 박기완이 루데스 마르티네즈를 뽑았다.

오늘 선발이 한정훈인만큼 굳이 테너 제이슨을 데려갈 이유가 없었다.

"어쩔 수 없지."

오늘 선발 예정이었던 배용수가 테너 제이슨 카드를 받았다.

이렇게 된 이상 테너 제이슨에게 선발 자리를 양보해야 할 것 같았다.

용병들이 투입되면서 경기 순서도 바뀌었다.

첫 3이닝은 A팀과 C팀, 두 번째 3이닝은 B팀과 C팀의 대결로 잡혔다.

"오늘 경기는 내가 책임질 테니까 푹 쉬고 있으라고."

마운드에 오른 테너 제이슨이 자신만만한 얼굴로 말했다.

메이저리그 유망주 랭킹에서 단 한 번도 3위 밖으로 밀려난 적이 없는 그에게 아직 영글지도 못한 A팀의 신인 타자들은 우습기만 했다.

"스트라이크, 아웃!"

"스트라이크, 아웃!"

"스트라이크, 아웃!"

테너 제이슨은 한정훈을 도발하듯 세 타자를 연속으로 잡아냈다.

최고 구속 97mile/h의 패스트볼과 아버지 랜디 제이슨을 연상시키는 각도 큰 슬라이더로 타자들을 가볍게 요리해 낸 것이다.

그러자 한정훈도 잔뜩 상기된 얼굴로 마운드에 올랐다.

랜디 제이슨의 아들 테너 제이슨.

과거 기억 속에는 메이저리그에서 반짝 활약하다 사라진 투수였지만 오늘 던진 공들을 보니 제대로 맞붙어 보고 싶어졌다.

29장
작용 반작용

1

한 달여간의 전지훈련은 스톰즈 구단을 크게 바꿔 놓았다.

"여~ 철민이. 밥은 먹었냐?"

"네, 선배님. 방금 먹고 왔습니다."

"짜식, 많이 먹어라."

"선배님은 식사 안 하세요?"

"하아, 요즘 입맛이 뚝 떨어져서 죽겠다. 내 태어나서 이렇게 빡센 캠프는 처음이야."

로이스터 감독은 스타일대로 선수들에게 필요 이상의 훈련을 강요하지 않았다.

대부분의 훈련도 4시 이전에 끝이 났다.

이삼 일에 한 번씩 치러지는 자체 평가전이 있는 날에는 12시에 훈련이 종료됐고 꼬박꼬박 4일에 한 번씩 반나절 휴식이 부여되었다.

하지만 선수들 중에 휴식일에 제대로 쉬는 이들은 극히 드물었다.

심지어 메이저리그 스타일을 고집해 왔던 용병들조차 뒤처지지 않게 개인 훈련을 소화할 정도였다.

물론 선수들의 자발적인 훈련을 로이스터 감독은 당연하게 받아들였다.

65명의 선수들 중 1군에 남을 수 있는 건 28명밖에 되지 않는다.

용병 다섯 명과 한정훈까지 여섯 명은 이변이 없는 한 1군이 확실하다고 봤을 때 남은 22자리를 놓고 50명이 경쟁을 해야 하는 상황이었다.

예상과는 다르게 신인 선수들이 훈련 분위기를 주도해 오긴 했지만 결국 1군에 대한 의지가 있는 이들이라면 열과 성을 다할 수밖에 없었다.

설사 1군에서 멀어진 선수들도 훈련을 게을리하기 어려웠다.

프로 야구단의 선수 등록은 최대 65인까지.

지금이야 정확하게 그 수가 맞아 떨어졌지만 몇 개월만 지나면 신인 유망주들이 대거 쏟아져 들어올 것이다.

그때 신고 선수로 밀려나지 않으려면 어떻게든 고된 캠프를 버텨낼 수밖에 없었다.

다만 로이스터 감독이 긍정적으로 본 건 캠프의 분위기였다.

캠프 초반까지만 해도 선수들의 표정은 밝지 않았다.

인생 마지막 기회일지 모른다는 절박함과 초조함이 독이 됐던 B팀.

구단에서 보호받지 못했다는 불만과 설움이 가득했던 C팀.

그런 B팀과 C팀 사이에서 눈치 보느라 바빴던 A팀.

전지 훈련장에 놀러 오는 선수는 없겠지만 하나의 팀이라는 느낌이 없었다. 하지만 근래 들어서 선수들의 분위기는 제법 화기애애해졌다.

한정훈과 배용수, 정희운.

이들 세 명이 만들어낸 긍정적인 결과물이었다.

"선배님, 괜찮으시면 제 투심 좀 봐 주세요."

세 번째 선발 등판을 앞두고 한정훈은 배용수를 찾아갔다.

그리고 최근에 연마한 투심 패스트볼에 대한 조언을 구했다.

"경기 때 보니까 좋던데. 왜? 뭐가 마음에 안 들어?"

배용수도 기꺼운 마음으로 한정훈을 반겼다. 자신이 알려 줄 게 많지 않다는 것쯤은 잘 알고 있었다.

다만 한정훈이 먼저 찾아와서 관계 개선에 나서준다는 것

자체가 고맙고 기특했다.

그날 이후로 한정훈은 배용수와 함께 식사를 했다. 그리고 배용수를 따라다니며 많은 걸 보고 배우며 느꼈다.

비록 은퇴를 앞둔 시점이었지만 프로 19년 차의 관록은 허투루 볼 게 아니었다.

무엇보다 팬들에게 마지막으로 좋은 모습을 보여주고 싶다는 배용수의 간절한 몸부림은 잠깐의 성공에 안이했던 한정훈을 반성하게 만들었다.

"저도 같이 다니면 안 될까요?"

한정훈과 배용수가 짝이 된 지 나흘째. 트라이아웃을 통해 입단한 정희운이 멋쩍게 웃으며 다가왔다.

"우리야 좋지. 그런데 너 어깨는 괜찮은 거야?"

"네, 조금 무리를 해서 약간 뻐근하긴 한데 견딜 만합니다."

정희운은 B팀에서 유일하게 내세울 수 있는 투수였다. 그렇다 보니 청백전 때마다 공을 던져야 했다.

하지만 정희운의 투구 스타일은 선발이 아니라 불펜에 어울렸다.

애당초 스톰즈 구단에서도 정희운을 선발 후보로 보고 데려온 게 아니었다.

"지금 견딜 만하면 뭐할 거야? 시즌 시작하자마자 탈나면 그건 누가 보상해 주는데?"

배용수가 따끔하게 한마디 했다. 그러면서 슬쩍 한정훈을 바라봤다.

"이 녀석 봐라. 나이도 어린 녀석이 어찌나 몸을 사리는지. 모르는 사람들 눈에야 영악해 빠진 것처럼 보이겠지만 이게 진짜 투수인 거야. 어깨는 소모품이라고. 괜찮겠지 하는 순간 벌써 맛이 가버리는 거야."

"저도 그래서 한정훈 선수 본받으려고 노력 중입니다."

정희운이 동의하듯 고개를 끄덕였다.

스톰즈의 초대 에이스 후보다 보니 한정훈의 일거수일투족이 신경 쓰이지 않을 수가 없었다.

하지만 그때마다 느끼는 건 정말 성실하다는 것이다.

가끔 귀찮다는 이유로 스트레칭이나 러닝을 게을리하는 선수들이 많았다.

아무래도 해도 그만 안 해도 그만일 준비 운동보다 공 하나 더 던지고 웨이트 트레이닝으로 몸을 단련하는 편이 훨씬 더 효율적으로 느껴질 수밖에 없었다.

하지만 한정훈은 캠프에 합류한 이후 지금까지 단 하루도 러닝을 빼먹은 적이 없었다.

육상 선수 출신이었나 싶을 정도로 뛰고 또 뛰었다.

공을 던지기 직전에는 무려 30분 가까이 몸을 풀었다.

가볍게 불펜 피칭을 하는 날이라고 예외는 없었다.

가끔씩 수비 훈련에 참여할 때는 스트레칭 시간이 더 길어졌다.

처음에는 정희운도 그저 보여주기식이라고 생각했다.

처음에야 누구든 반짝 할 수 있는 일이지만 오래 가지 못할 것이라고 여겼다.

그러나 누가 뭐라 하건 묵묵히 자신만의 방법으로 컨디션을 조절하는 한정훈을 보고 있자니 어느새 감탄이 일었다.

대체 언제부터 저렇게 스스로를 관리해 왔던 것일까.

저런 게 바로 한정훈이라는 역대급 신인의 진정한 강점이 아닐까.

한정훈을 따라 한다면 자신에게도 뭔가 긍정적인 변화가 있지 않을까.

그 뜨거운 갈망이 정희운을 이 자리에 오게 했다. 하지만 한정훈은 누군가의 목표가 되기에는 너무 어렸다.

"말씀 편하게 하세요, 선배님. 앞으로 잘 부탁드립니다."

한정훈이 멋쩍게 웃으며 반겼다. 그러자 정희운의 얼굴이 감동으로 벅차올랐다.

"뭐야, 너. 정훈이 녀석 사생팬이었냐?"

그 모습을 지켜보던 배용수가 깔깔 웃어댔다. 그렇게 캠프에서 유명한 삼총사가 탄생했다.

배용수와 한정훈과 함께하며 정희운은 부쩍 성장했다.

매일같이 젊고 강한 한정훈에게 자극을 받으며 노련한 배용수에게 조언을 듣는데 좋아지지 않는 게 이상할 수밖에 없었다.

"선배님, 저희도 좀 가르쳐 주세요."

"정훈이보다 저희가 더 급해요."

자연스럽게 세 사람 주변으로 투수들이 몰려들었다.

"가르치긴 뭘 가르쳐. 죽기 살기로 열심히 해. 그래야 늘지."

사람 좋은 배용수는 오는 선수들을 마다하지 않았다.

후배들을 다독거리고 함께 훈련하며 시너지 효과를 일으키는 것.

그것이 투수진 최고참인 자신이 할 역할이라고 여겼다.

그러면서도 배용수는 투수들의 리더가 되려고 하지 않았다. 자신은 그저 조언자로서 만족했다.

대신 시간이 날 때마다 한정훈에 대한 칭찬을 아끼지 않았다.

"정훈이 공 던지는 거 보니까, 뭐가 느껴져?"

"그, 글쎄요."

"야, 인마. 어리다고 무시하지 말고. 나도 생전 저 녀석만큼 던져 본 적이 없어. 그런데 뭘 배워보겠다는 놈이 선입견에 빠져 있으면 어쩌자는 거야?"

"죄, 죄송합니다."

"죄송은 나한테 할 게 아니라 네 스스로에게 해야지. 그리고 남자답게 인정할 건 인정하고 가라고. 정훈이, 저 녀석. 엄청나잖아. 안 그래?"

"네……. 뭐 솔직히 제가 본 젊은 투수들 가운데는 최고입니다."

"그래. 그러니까 어째서 저 녀석이 최고가 됐을지, 어떻게 그런 공을 던지는지 연구를 해보자고. 우린 엄청 좋은 연구 재료를 두고 공부하는 거야."

배용수 덕분에 한정훈을 관찰하는 투수들이 늘어만 갔다.

졸지에 마루타가 되어버렸지만 한정훈은 크게 신경 쓰지 않았다.

오히려 묵묵하게 자신의 투구에 집중했다.

"와, 저 녀석. 스트라이드 폭 봐. 엄청난데?"

"저 스윙은 어떻고. 빠르고 간결하잖아."

"쟤는 뭘 했기에 저렇게 밸런스가 좋은 거지? 요가라도 하나?"

"그게 아냐. 한정훈의 포인트는 바로 저 릴리스 포인트라고."

"하긴, 저렇게까지 아슬아슬하게 끌고 나와서 공을 던지니 타자들이 타석에서 기겁을 하는 거지."

질투의 대상을 동경의 대상으로 바꾸자 평소 보이지 않던 많은 게 눈에 들어오기 시작했다.

투수들은 각자 자신의 부족한 점을 찾아 움직였다.

모든 걸 한정훈과 똑같이 할 수는 없겠지만 어쩌면 자신이 찾은 무언가가 한정훈을 만든 비결일지도 모른다는 희망을 품었다.

그렇게 투수들이 벽을 허물고 하나가 되자 타자들도 가만히 앉아 있기가 어려워졌다.

"철민아, 왜 그렇게 어깨에 힘을 주고 치냐. 그러다 어깨 빠지겠다."

"그래도 강한 타구를 날리려면 어깨에 힘을 빡! 하고 줘야 하는 거 아니에요?"

"에라이, 농담이라도 어디 가서 그런 소리 하지 마라. 넌 인상도 험악하니 오해 받기 딱 좋으니까."

"하하. 주현 선배님, 다른 선배님도 아니고 주현 선배님이 그런 말씀 하시니까 좀 그런데요?"

"이 녀석이?"

황철민과 김주현을 시작으로 젊은 선수들과 노장들이 두세 명씩 짝을 이루기 시작했다.

하지만 애석하게도 타자 중에는 리더가 없었다.

한정훈처럼 어마어마한 기대주도 없고 배용수처럼 확실한 커리어를 쌓은 선수도 없다 보니 다들 주목받는 걸 피했다.

그때 타자들의 시선을 사로잡은 게 바로 루데스 마르티네즈였다.

따악!

아홉 번째 청백전이 있던 날.

마르티네즈는 청백전 5호 홈런을 때려냈다. 그리고 마치 어린아이처럼 깡총거리며 베이스를 돌았다.

그리고 그 상대가 바로 한정훈이었다.

"커터가 몰렸어."

한정훈은 덤덤하게 고개를 끄덕거렸다.

차세대 메이저리그 거포로 꼽히는 마르티네즈에게 몸 쪽으로 몰린 밋밋한 커터를 던졌으니 얻어맞는 것도 무리는 아니었다.

게다가 이전 타석까지 루데스 마르티네즈는 삼진만 3차례 당했다. 그러니 고작 홈런 하나 맞았다고 심각하게 굴 필요는 없었다.

그러나 타자들의 반응은 달랐다.

지금껏 정타를 단 한 번도 허용하지 않았던 한정훈에게서 홈런을 때려냈는데 대수롭지 않게 넘길 수가 없었다.

"와우! 정훈이 공을 제대로 때렸어!"

"저 녀석, 진짜 장난 아닌데? 이럴 게 아니라 저 녀석 좀 배워볼까?"

투수들이 한정훈을 관찰하듯 타자들의 시선도 마르티네즈

를 향해 움직였다.

타격 연습을 할 때도 밥 먹을 때도 웨이트 트레이닝을 할 때도 심지어 훈련 후 샤워장에서 샤워를 할 때도 마르티네즈의 주변으로 타자들이 어슬렁거렸다.

오죽했으면 주목받기를 좋아하는 마르티네즈가 코치를 찾아가 하소연할 정도였다.

"코치! 이건 스토킹이에요!"

과한 관심에 힘들어하는 마르티네즈와는 달리 괜찮은 목표가 생긴 타자들은 더욱 열심히 방망이를 휘둘렀다.

그리고 그 성과가 경기 결과로 이어졌다.

따악!

몸 쪽 바짝 붙어 들어오는 빠른 패스트볼을 이용욱이 있는 힘껏 잡아당겼다.

그러자 먹힌 타구가 1루 선상을 타고 빠져나갔다.

"나이스 배팅!"

C팀 타자들이 한 목소리로 소리쳤다.

수비 중이던 B팀 내야수들도 이용욱을 향해 엄지를 들어 올려 보였다.

그러자 마운드에 선 테너 제이슨이 짜증스럽게 소리쳤다.

"지금 경기 중이야! 좀 진지하게 할 수 없어?"

테너 제이슨의 눈총을 받은 1루수 고민태가 미안하다며

오른손을 들어 올렸다.

하지만 그것도 잠시. 뭐가 그렇게 좋은지 이용욱과 시시덕거리기 시작했다.

"젠장할!"

테너 제이슨이 신경질적으로 로진 백을 털어냈다. 그 모습을 지켜보던 이승민이 한정훈의 옆구리를 쿡 하고 찔렀다.

"정훈아, 저 녀석 또 열 받았다."

"열 받을 만도 하지. 오늘 경기에서만 4번째 안타니까."

"열 받을 게 뭐가 있어? 지난번 경기에서는 철민이 녀석한테까지 홈런 맞아놓고선."

"그래도 메이저리거잖아."

한정훈은 제이슨의 심정이 충분히 이해가 갔다.

트리플 A보다 못하다는 한국 프로야구팀 중에서 가장 약하다는 신생팀 선수들이 자신의 공을 쳐 내고 있는데 열 받아 하지 않는다면 스톰즈 구단에서 비싼 돈을 주고 데려온 의미가 없었다.

"어쨌든 저 녀석은 3선발 확정이네."

이승민이 고소하다며 웃어댔다.

한정훈은 물론이고 마크 레이토스에게도 지지 않겠다며 에이스 도전을 선언했을 때부터 알아봤지만 이제 슬슬 밑천을 드러내는 모양새였다.

하지만 한정훈은 제이슨의 부진이 오래 가지 않을 것이라고 생각했다.

자신의 옆에 배용수가 있듯, 제이슨에게는 마크 레이토스가 있기 때문이었다.

"그나저나 형은 어떻게 할 거야?"

한정훈이 화제를 돌렸다. 그러자 조금 전까지 실실거리던 이승민의 입에서 한숨이 흘러나왔다.

얼마 전까지만 해도 이승민은 가장 강력한 6선발 후보로 거론되고 있었다.

155km/h를 넘나드는 빠른 패스트볼과 날카로운 슬라이더, 평균 이상의 체인지업과 커브까지.

비슷한 스타일의 투수인 광주 타이거즈의 우완 에이스인 윤성민처럼 성장해 줄 거란 기대를 한몸에 받았다.

그런데 며칠 전에 로이스터 감독이 뜻밖의 제안을 해왔다.

"승민, 클로저가 될 생각 없어?"

클로저. 마무리투수.

어지간한 실력과 경험 없이는 감당하기 어려운 자리를 이승민에게 권한 것이다.

그만큼 로이스터 감독은 이승민의 위기관리 능력과 배짱을 높게 평가했다.

게다가 또 다른 6선발 후보인 강현승의 공도 부쩍 좋아진

만큼 대안이 있는 선발 자리보다 공석인 마무리 쪽으로 돌리는 게 좋겠다고 판단한 것이다.

그러나 선발만 보고 달려왔던 이승민에게는 청천벽력과 같은 소리였다.

"하아, 네 생각은 어떤 거 같아?"

이승민이 진지한 얼굴로 한정훈을 바라봤다.

며칠을 고민해 보고 또 고민해 봤지만 어느 게 정답인지 결정을 내리기 어려웠다.

"팀을 위해서, 아니, 나를 위해서라면 형이 마무리투수가 되는 게 낫지. 하지만 형은 선발을 원하잖아? 그럼 선발투수를 해."

한정훈은 비교적 간단하게 답을 내렸다.

마음이 원하는 대로.

그게 정답이었다. 물론 이승민이 선발이나 마무리 양쪽 모두에 재능이 있기 때문에 가능한 이야기였다.

하지만 정작 이승민은 한정훈의 다른 말에 꽂혀 버렸다.

'팀을 위해서라. 팀을 위해서……'

고민이 깊어진 듯 이승민이 입을 다물었다.

그때 딱 하는 소리와 함께 마르티네즈가 친 타구가 담장을 훌쩍 넘겨 버렸다.

"와우, 쓰리런이네. 제이슨 또 난리 치는 거 아냐?"

음료수를 가지러 갔던 강현승이 한정훈 옆에 주저앉았다.

같은 좌완 투수라서일까.

강현승은 이승민보다 더 제이슨을 경계하는 눈치였다.

"그런데 쟤 어디 좀 이상한 거 아닐까? 요즘 들어 너무 자주 맞는데?"

강현승이 한정훈을 바라봤다. 하지만 한정훈도 남 말 하고 있을 처지는 아니었다.

"형, 저 들으라고 하는 소리예요?"

"응? 아, 아냐. 무슨. 넌 많이 맞아도 두세 개잖아."

"그러는 형도 요즘 엄청 자주 맞고 있는 거 알죠?"

"야, 진짜 치사하게……. 왜 또 그런 말을 해서 사람 우울하게 만드냐? 너랑 안 놀아."

강현승이 진짜 삐친 것처럼 고개를 홱 하고 돌렸다.

그런 강현승의 어깨를 끌어안으며 한정훈이 피식 웃어 보였다.

"농담이에요. 그래도 지난 경기에는 공 좋던데요?"

"좋긴 뭐가 좋아? 안타를 일곱 개나 맞았는데."

"그야 타자들도 익숙해지니까 그렇죠."

"익숙해져? 내 공에?"

"형 공뿐만 아니라 제 공에도, 제이슨 공에도 익숙해질 때가 온 거죠. 같은 투수를 매번 상대해 봐요. 타자들이 바보도 아니고 똑같이 당해주겠어요?"

"아……!"

강현승은 그제야 잘 던진 공도 얻어맞은 이유를 깨달았다.

생각해 보니 자신과 테너 제이슨은 물론이고 대부분의 투수의 피안타가 부쩍 늘었다.

특별히 실투 같지 않은 상황에서도 말이다.

"그런데 용수 선배는 왜 그대로야?"

강현승이 다시 한정훈을 바라봤다.

연습 경기가 거듭될수록 모든 투수의 피안타율이 높아지고 있었지만 단 한 사람, 배용수만은 예외였다.

압도적인 투구 내용을 선보이진 못해도 늘 꾸준했다.

피안타는 경기당(3이닝 기준) 3~4개 정도. 실점도 한두 점 정도.

공이 눈에 익었다면 구위가 떨어진 배용수가 가장 먼저 고전해야 정상인데 정작 배용수만 멀쩡해 보였다.

그러자 한정훈이 당연하다는 듯이 대답했다.

"그야 용수 선배는 노련하니까요."

프로 19년 차 배용수가 선보이는 관록과 경험은 한정훈조차 흉내 내기 어려울 정도였다.

한정훈도 프로에서 16년을 버텼지만 배용수만큼은 아니었다.

한정훈은 선발과 계투를 오가는 동안 배용수는 우직하게 선발을 지켰다.

팀 사정상 잠시 계투진으로 내려가더라도 끝내 선발 자리를 포기하지 않았다.

비록 전성기를 지나 팔꿈치 인대 접합 수술까지 받아 구속은 예전만 못했지만 배용수에게는 타자를 상대하는 노하우가 있었다.

하나의 방법이 막히면 고전하는 투수들과는 달랐다.

무엇보다 배용수는 한때 정점을 찍었던 투수였다.

폼은 일시적이지만 클래스는 영원하다는 말처럼 그 실력이 어디 가지 않았다.

프로야구 37년 동안 투수가 MVP를 받은 적은 딱 12번이었다.

선수로만 따지면 10명(선동연이 3회 수상). 하나같이 내로라하는 투수들이었다.

불사조라 불렸던 박철선, 무쇠팔 최동훈, 무등산 폭격기 선동연, 대선불패 구대선, 전국구 에이스 송민한, 영건 삼총사인 류현신과 김강현, 윤성민.

가히 리그를 지배했던 투수들만이 MVP의 영예를 차지할 수 있었다.

그리고 그 구대선과 송민한 사이에 배용수가 있었다.

푸른 피의 에이스라 불리며 대구 라이온즈 왕조의 시작을 알렸던 위대한 투수가.

그런 배용수의 화려한 커리어까지 감안한다면 타자들이 쉽게 공략하지 못하는 것도 무리는 아니었다.

'그럼 나나 저 녀석은 노련하지 않다는 이야기네. 결국 경험을 쌓아야 한다는 이야기인가.'

강현승은 묵묵히 고개를 끄덕거렸다.

어느 정도 예상했던 답이었고 한정훈 역시 같은 답을 해주었다. 하지만 여전히 마음은 무거웠다.

한정훈에게 듣고 싶었던 게 그런 뻔한 이야기가 아니었기 때문이다.

경험의 차이. 그건 지금 당장 극복할 방법이 없었다.

6선발 경쟁에서 뒤처지고 있는 강현승은 당장 이틀 후의 등판이 급했다.

그 경기에서도 난타당하는 모습을 보인다면 선발 경쟁에서 영영 멀어질 것만 같았다.

힘겹게 투구를 끝내고 마운드를 내려온 테너 제이슨도 조급하긴 마찬가지였다.

"레이토스, 도대체 뭐가 문제인지 모르겠어요."

제이슨이 자존심을 굽혀가며 마크 레이토스에게 조언을 구했다. 그러자 마크 레이토스가 제법 잔인한 말을 꺼냈다.

"한정훈을 봐라."

"레이토스!"

"그 안에 답이 있다."

"크흑!"

제이슨은 질근 입술을 깨물었다.

자신과 한정훈이 에이스 자리를 두고 경쟁하는 줄 뻔히 알면서 한정훈을 보라니.

이보다 더 굴욕적인 말은 없었다.

하지만 마크 레이토스는 더 이상 해줄 말이 없다며 입을 굳게 다물었다.

제이슨이 매서운 눈으로 노려봐도 마찬가지였다.

"젠장할!"

오기가 생긴 제이슨은 눈을 부릅뜨고 한정훈의 투구를 지켜보았다.

그러나 한정훈의 투구는 평소와 다름없었다. 포수의 사인대로 기계처럼 공을 던져댔다.

1번 타자 에릭 나를 삼진으로 잡아내고 2번 타자 주진수를 내야 플라이로 처리했다.

B팀에서 타격감이 가장 좋은 3번 타자 장광수도 유격수 앞 땅볼로 물러났다.

세 타자를 가볍게 처리한 한정훈은 늘 그래 왔던 것처럼 시건방진 얼굴로 마운드에서 내려왔다.

마치 이 정도쯤은 아무것도 아니라는 것처럼 말이다.

하지만 다음 회, 타석에 토니 윌커슨이 들어오자 한정훈의 눈빛이 달라졌다.

계약된 몸값만 놓고 봤을 때 루데즈 마르티네즈가 윌커슨보다 한 수 위의 선수인 건 분명했다.

하지만 단순히 장타력만 놓고 본다면 반대였다.

극단적으로 잡아당기는 유형인 윌커슨은 방망이의 중심에 걸렸다 하면 담장 밖으로 넘겨 버렸다.

조금 전 마르티네즈가 홈런을 치기 전까지 윌커슨은 청백전 홈런 랭킹 단독 1위였다.

타율은 2할 5푼으로 저조했지만 8개의 안타 중 6개가 홈런일 만큼 압도적인 힘을 보여주었다.

"무식한 자식 나왔네."

윌커슨이 근육 때문에 꽉 끼어버린 소매를 걷어 당기자 제이슨이 이맛살을 찌푸렸다.

지난 경기에서 윌커슨에게 홈런을 허용한 게 떠오른 것이다.

그 당시 제이슨은 계속해서 바깥쪽을 요구하는 포수의 사인을 거절했다.

제아무리 윌커슨이라 해도 자신의 공이라면 충분히 찍어

누를 수 있다고 여겼다.

그 자신감이 과해 공이 몰렸고 타구는 담장 밖으로 사라져 버렸다.

'한정훈, 너는 보나 마나 도망치겠지?'

제이슨이 피식 웃었다.

정면 승부를 기피하는 동양 야구의 특성상 한정훈이 자신처럼 과감하게 몸 쪽 승부를 펼치지 못할 것이라고 여겼다.

하지만 예상과는 달리 초구는 몸 쪽 낮게 깔려 들어갔다. 제이슨이 힘차게 잡아당겼지만 타구는 1루 라인을 완전히 벗어나 버렸다.

"쳇."

기대했던 결과가 나오지 않자 제이슨이 눈가를 찌푸렸다.

조금 전 한정훈이 던진 공은 분명 낮았다. 내버려 뒀더라도 스트라이크 판정을 받기 어려웠다.

그런데 윌커슨이 욕심을 부리다 쓸데없이 볼카운트만 까먹고 말았다.

참을성이 부족하다는 건 알았지만 저 정도로 미련할 줄은 미처 몰랐다.

'그래도 식겁했을 테니까 2구부터는 도망치겠지.'

제이슨의 예상대로 2구는 바깥쪽에 떨어지는 체인지업이었다.

윌커슨의 타이밍을 완전하게 빼앗은 공이었지만 아슬아슬하게 스트라이크 판정을 받지 못했다.

원 스트라이크 원 볼.

3구째 사인을 낸 박기완의 미트가 다시 윌커슨의 몸 쪽으로 붙었다.

'저 미친놈. 지금 뭐하자는 거야?'

제이슨이 깜짝 놀라 눈을 치떴다.

초구를 그렇게 얻어맞아 놓고 몸 쪽 승부라니. 그야말로 미친 짓이나 마찬가지였다.

하지만 윌커슨은 몸 쪽을 파고드는 공에 제대로 방망이를 내밀지조차 못했다.

투심 패스트볼.

하루가 다르게 무브먼트가 좋아지는 터라 감히 칠 엄두가 나지 않은 것이다.

"스트라이크!"

심판의 콜과 함께 볼카운트가 투수에게 절대적으로 유리하게 바뀌었다.

"하아, 끝났군. 멍청한 자식."

제이슨이 고개를 흔들어 댔다. 투 스트라이크에 몰린 윌커슨은 얼굴이 딱딱하게 굳어 있었다.

그런 윌커슨을 상대로 한정훈이 바깥쪽으로 떨어지는 너

클 커브를 내던졌다.

"크앗!"

윌커슨이 있는 힘껏 스윙했지만 공은 방망이를 지나쳐 포수의 미트 속에 빨려 들어갔다.

"스트라이크 아웃!"

"좋았어!"

심판의 콜과 함께 마크 레이토스의 입에서도 탄성이 터져 나왔다.

과연 한정훈다웠다.

무사 첫 타자다 보니 거칠 게 없는 윌커슨을 상대로 영리한 피칭을 선보이며 천적 관계를 이어 나갔다.

그러자 제이슨이 어처구니없다는 얼굴로 레이토스를 바라봤다.

'대체 뭐가 좋았다는 거야? 저건 그냥 윌커슨이 멍청하게 당한 거잖아?'

제이슨은 눈가를 찌푸렸다.

자신의 투구에 대해서는 별다른 감상조차 없으면서 한정훈에게만 극찬을 아끼지 않는 레이토스가 도무지 이해가 되질 않았다.

물론 제이슨도 한정훈이 제법 실력이 있다는 건 인정했다. 공도 빠르고 제구도 그만하면 괜찮았다.

메이저리그 관계자들이 관심을 가질 수준까지는 되는 것 같았다.

하지만 딱 거기까지다. 아무리 좋게 보려고 해도 피칭 스타일은 전혀 마음에 들지 않았다.

스스로는 정교한 피칭이라 우길지도 모르겠지만 결국 동양인 투수들이 잘하는 소극적인 피칭에 불과했다.

그런 투구로는 힘 있는 타자들이 즐비한 메이저리그에서 살아남기 어려웠다.

차라리 첫날 한국 타자들을 상대로 윽박지르듯 패스트볼만 던졌던 때가 훨씬 나아 보였다.

그런데 이리저리 도망만 다니는 겁쟁이 같은 한정훈에게서 해답을 찾으라니.

'뭘 기대한 게 잘못이지.'

제이슨은 몸을 일으켰다.

한정훈의 투구를 지켜보니 웨이트 트레이닝을 하는 편이 더 도움이 될 것 같았다.

그러나 웨이트 트레이닝이 만병통치약인 것은 아니었다.

5일 후.

B팀 선발이 되어 A팀을 상대로 마운드에 오른 제이슨은 특유의 빠른 피칭으로 첫 회를 삼자 범퇴로 마쳤다.

하지만 2회 초, 4번 타자 황철민을 상대로 몸 쪽 승부를 가져가다가 공이 높게 제구 되면서 정타를 허용하고 말았다.

따아악!

방망이 중심에 제대로 걸린 공은 쭉쭉 뻗어 담장을 훌쩍 넘겨 버렸다.

"빌어먹을!"

제이슨이 신경질적으로 마운드를 걷어차 냈다.

높긴 했지만 분명 나쁘지 않은 공이었는데 베테랑도 아니고 A팀 신인 선수에게까지 홈런을 허용하다니.

먼 타국에 와서 알 수 없는 병이라도 걸린 기분이었다.

"고생했다."

찝찝한 두 번째 이닝을 마치고 돌아온 제이슨을 바라보며 마크 레이토스가 위로의 말을 건넸다.

그러나 제이슨은 조금도 기쁘지 않았다.

무덤덤한 목소리에 반색하며 고개를 돌려 보니 레이토스의 시선은 어느새 한정훈에게 향해 있었다.

'한정훈! 한정훈! 한정훈! 대체 저 동양 녀석이 뭐가 그렇게 잘났다는 거야?'

수건으로 얼굴을 훔친 뒤 제이슨이 성난 눈으로 운동장을 바라봤다.

타석에는 B팀의 4번 타자로 출장한 루데스 마르티네즈가 들어섰다.

지금까지의 전적은 5타수 1안타 1홈런.

다섯 번 만나서 한 차례 피홈런을 내주긴 했지만 상대 전적은 여전히 한정훈이 앞서 있었다.

그러나 마르티네즈의 얼굴에는 자신감이 넘쳐 있었다.

마음만 먹으면 한정훈의 공은 언제든지 담장 밖으로 넘겨 버릴 수 있다는 자신감이 말이다.

반면 한정훈은 무덤덤했다. 마르티네즈의 눈빛은 도발에 가까웠지만 굳이 신경 쓰지 않는 투였다.

'겁쟁이 자식. 또 도망치겠지.'

제이슨이 눈가를 찌푸렸다.

보나마나 볼카운트를 유리하게 끌고 간 뒤에 마르티네즈가 약점을 보이는 체인지업으로 승부를 볼 게 뻔했다.

제이슨의 예상대로 한정훈은 초구를 바깥쪽에 던져 스트라이크를 잡아냈다.

구종은 패스트볼.

정말 마음에 드는 공이 아니면 초구는 잘 치지 않는 마르티네즈의 성격을 역으로 이용한 것이다.

2구는 몸 쪽으로 떨어지는 체인지업.

따악!

마르티네즈가 힘차게 방망이를 돌렸다.

하지만 방망이 안쪽에 걸린 타구는 아슬아슬하게 1루 라인을 벗어났다.

마르티네즈가 칠 걸 예상하고 변종 체인지업을 던진 것이다.

'멍청한 자식. 대체 저렇게 말리면 어쩌자는 거야? 저래서는 몸 쪽 공에도 제대로 대처하기 어렵잖아!'

제이슨은 짜증이 났다.

한정훈 앞에서는 저렇게 쩔쩔매는 녀석에게 6안타(홈런 2개)나 얻어맞았다는 사실이 더 화가 치밀었다.

그때였다.

후아아앗!

한정훈이 던진 패스트볼이 마르티네즈의 몸 쪽으로 날아들었다.

"크아아!"

마르티네즈가 괴성을 내지르며 방망이를 휘돌렸다.

볼카운트가 몰리긴 했지만 어느 정도 예상을 하고 있었던지 스윙은 조금도 뒤처지지 않았다.

그러나 결과는 파울 팁 삼진.

"뭐야, 저 자식. 커터를 던진 거야?"

제이슨이 새삼스러운 눈으로 한정훈을 바라봤다.

지난번 첫 홈런을 허용한 이후로 한정훈은 마르티네즈에게 커터를 던진 적이 없었다.

그런데 뜬금없이 커터를 던져 몸 쪽 공을 노리던 마르티네즈를 삼진으로 돌렸다.

몸 쪽 커터에 대한 자신감을 악몽으로 바꿔 놓듯이 말이다.

아니나 다를까.

"젠장할!"

더그아웃으로 돌아온 마르티네즈의 얼굴은 잔뜩 일그러져 있었다.

삼진을 당했다는 분노보다는 커터에 당했다는 사실에 자신감이 상한 모양이었다.

"이 멍청아, 투 스트라이크를 먹으니까 그렇지."

덩달아 심란해진 제이슨이 툭 하고 속마음을 내던졌다.

그러자 막 의자에 주저앉으려던 마르티네즈가 거칠게 몸을 일으켰다.

"그게 말처럼 쉬운 줄 알아? 저 녀석은 귀신이라고. 내가 뭘 노리는지 정확하게 알고 공을 던져. 그런데 나더러 뭘 어쩌라는 거야?"

마르티네즈가 제이슨을 잡아먹기라도 할 것처럼 으르렁거렸다.

가뜩이나 조금 전 커터의 잔상이 머릿속을 떠나지 않는데 같은 편인 제이슨까지 비아냥대니 자신도 모르게 울컥하고 만 것이다.

마르티네즈는 한정훈을 상대하지 않는 제이슨이 속 편한 소리를 한다고 여겼다.

하지만 정작 제이슨의 속도 그리 편치는 않았다.

특히나 조금 전 마르티네즈가 한 말이 머릿속을 강하게 후려쳤다.

'마르티네즈가 뭘 노리는지 정확하게 알고 던진다고? 어떻게?'

혼란스러워진 제이슨의 시선이 레이토스에게 향했다.

그러나 레이토스의 시선은 여전히 마운드에 고정되어 있었다.

기분 나쁘게 흐뭇한 미소를 머금은 채로 말이다.

'젠장!'

잠시 고민하던 제이슨이 더그아웃 안쪽으로 들어갔다. 그리고 핸드폰을 꺼내 어딘가로 전화를 걸었다.

잠시 후.

─이 시간에 웬일이냐. 분명 연습 경기 중일 텐데.

핸드폰 너머로 무뚝뚝한 목소리가 들려왔다.

랜디 제이슨.

메이저리그에서 303승을 거둔 전설적인 투수.

하지만 아들인 테너 제이슨에게는 애증의 대상일 뿐이었다.

"뭐 하나 물어볼 게 있어."

−빨리 물어봐라. 바쁘다.

"또 여자들하고 노는 거야?"

−촬영 중이다. 그따위로 말하지 말라고 했을 텐데. 시비를 걸려고 전화했다면 끊겠다.

"자, 잠깐만! 젠장. 오랜만에 전화한 거잖아. 좀 부드럽게 받아줄 수 없어?"

−너부터 부드럽게 말을 해보지 그러냐?

"쳇, 됐고. 어떻게 하면 타자가 어떤 공을 원하는지 전부 알 수 있는 거지?"

제이슨이 한참 만에 용건을 꺼냈다.

마르티네즈가 남긴 수수께끼 같은 말의 해답을 줄 사람은 당장 랜디 제이슨밖에 없었다.

그러자 랜디 제이슨이 갑작스럽게 웃어대기 시작했다.

"뭐, 뭐야?"

−아, 미안. 네가 그런 고민을 한다는 게 웃겨서.

"뭐? 그게 왜 웃긴데?"

−넌 네 잘난 맛에 공을 던지는 녀석 아니었냐? 내 좋은 유전자를 물려받았으니 당연히 좋은 투수가 될 거라고 착각하며 말이다.

"이잇! 그 말이 여기서 왜 나오는데?"

−같은 이야기니까.

"그게 무슨 소리야?"

―너처럼 자신만 생각하는 투수는 절대 타자가 어떤 공을 노리는지 보지 못한다.

"나도 볼 배합 정도는 할 수 있거든?"

―볼 배합? 우습군. 물론 머릿속으로는 가능하겠지. 초구에 패스트볼을 던졌으니 다음 공은 슬라이더로. 그다음에는 다시 패스트볼. 이 정도 수준 아니냐?

"그걸 나한테 가르쳐 준 게 당신이거든?"

―그럼 언제 가르쳐 줬는지도 기억하고 있겠구나?

"언제긴 언제야? 10살 때 아니었어?"

―그래, 그런데 10살 때 가르쳐 준 걸 아무런 발전 없이 아직까지 써먹고 있다는 건 심각한 문제 아니냐?

"……!"

순간 제이슨이 눈을 치떴다. 그제야 자신이 무엇을 간과했는지 느껴진 것이다.

―멍청한 녀석. 너만 나이를 먹은 거 같으냐? 타자들도 나이를 먹는다. 나이를 먹는 만큼 경험하고 성장하며 강해지지. 그런데 그들을 아무런 발전도 없이 예전처럼 상대한다면 그들이 호락호락 당해줄 것 같으냐?

랜디 제이슨이 한가득 잔소리를 쏟아냈다. 자연스럽게 제이슨의 입가가 파르르 떨렸다.

아팠다. 다른 사람도 아니고 자신에게 야구를 가르쳐 준, 우상 같은 아버지가 정곡을 찌르니 더 아팠다.

하지만 여기서 전화를 끊을 수는 없었다.

아버지가 모처럼 야구 선수 랜디 제이슨이 되어 잔소리를 퍼붓고 있는데 뭐라도 얻어내야만 했다.

"그, 그래서? 내가 뭘 어떻게 하면 되는데?"

제이슨의 목소리가 핸드폰을 타고 울렸다.

그 속에 담긴 복잡한 심정을 느낀 것일까.

랜디 제이슨도 무겁게 한숨을 내쉬었다.

─멍청한 녀석아, 공부해라. 그리고 연구해라. 100마일의 공을 던져도 타자에게 지는 투수는 삼류일 뿐이다. 하지만 80마일의 공으로도 타자를 제압해 내는 투수가 있다면 적어도 나보다는 훌륭한 선수다. 내가 해줄 수 있는 말은 여기까지다.

랜디 제이슨이 언제나처럼 비유적인 말로 조언을 대신하려 했다. 그러자 제이슨이 냉큼 입을 열었다.

"자, 잠깐. 끊지 말고. 만약에 100마일을 던지는 투수가 타자들이 뭘 던지는지 안다면 어떻게 되는 거야?"

제이슨은 굳이 누구라고 이야기하지 않았다. 다만 자신의 목표처럼 되물었다.

─레이토스 이야기냐? 레이토스가 100마일까지 던지는 건

못 봤는데?

"어쨌든!"

─뭐 어쨌든 그런 투수라면 최소한 명예의 전당 한 자리는 차지하겠지.

"명예의 전당……!"

제이슨이 다시 눈을 치떴다.

자신이 그토록 바라던 명예의 전당에 들어갈 수 있는 길이 생각보다 가까운 곳에 있었다.

그때였다.

"야! 제이슨! 너 뭐 하는 거야?"

저만치서 투수 코치 앤더슨의 목소리가 들렸다.

잠깐 통화를 하는 사이에 한정훈이 이닝을 끝마친 모양이었다.

"일단 알았어. 나중에 다시 전화할게."

제이슨은 다급히 전화를 끊었다. 그리고 뜨거워진 심장을 끌고 마운드 위에 올랐다.

"제이슨, 괜찮아? 어디 안 좋은 거 아니지?"

포수 최일석이 통역과 함께 마운드로 다가왔다.

더그아웃에 있어야 할 투수가 교체 시간이 다 되도록 모습을 보이지 않는 경우는 두 가지뿐이었다.

갑작스러운 부상, 그리고 배탈 설사.

어느 쪽이든 좋은 투구를 기대하기 어려웠다.

"지금 날 걱정하는 거냐?"

제이슨이 어이없다는 듯 최일석을 바라봤다.

메이저리그에서 뛸 때도 자신을 진심으로 챙겨주는 동료는 아무도 없었다.

그저 모두가 랜디 제이슨의 아들이라는 선입견으로 대했다. 무엇을 해도 랜디 제이슨이라는 꼬리표는 떨어지지 않았다.

그런데 트라이아웃으로 뽑힌 한국인 포수가 자신을 염려해 주니 왠지 모르게 우스워졌다.

하지만 최일석도 내켜서 하는 걱정이 아니었다.

A팀 투수가 한정훈인 이상 B팀에서 믿을 수 있는 건 제이슨밖에 없었다.

"선발이잖아. 그리고 솔직히 말해서 네가 아니면 힘들다고."

최일석이 쓴웃음을 흘렸다.

제멋대로인 제이슨에게 책임감을 강조해 봐야 의미가 없을 것 같았지만 그런 제이슨을 의지할 수밖에 없는 게 B팀의 현실이었다.

통역은 최일석의 말을 가감 없이 그대로 전해 주었다. 그러자 제이슨이 갑자기 씩 하고 웃어 보였다.

"좋아. 너희들이 그렇게 날 원한다면 더 열심히 던져 주지. 대신 이제부터 사인을 내."

"사인을…… 내라고?"

"그래. A팀 타자들의 약점쯤은 너도 알고 있을 거 아니야, 안 그래?"

"너…… 갑자기 왜 이래?"

최일석은 어리둥절해졌다.

한국 포수에게 의지할 생각은 없다며 제멋대로 공을 던지던 제이슨이 이제 와 리드를 부탁하다니.

정말이지 어디가 아픈 것 같았다.

그러나 제이슨이 구구절절 자신의 속내를 털어놓을 성격은 아니었다.

"빨리 돌아가. 언제까지 여기 있을 거야?"

제이슨의 재촉에 최일석은 마지못해 포수석으로 돌아왔다.

그러자 제이슨이 투수판을 밟은 채로 자신을 똑바로 바라봤다.

'진짜 내라는 거냐?'

잠시 고심하던 최일석이 일단 바깥쪽 패스트볼을 요구했다.

'초구부터 바깥쪽이라.'

제이슨의 미간이 꿈틀거렸다.

마음에 들진 않았지만 그렇다고 제 입으로 한 말을 번복하고 싶진 않았다.

'어디 마음대로 사인을 내 봐라.'

가볍게 고개를 끄덕인 뒤 제이슨은 바깥쪽에 꽉 찬 패스트 볼을 꽂아 넣었다.

몸 쪽 공을 기다렸던 좌타자 김인창은 방망이를 내밀 생각조차 하지 못하고 고개를 흔들어 댔다.

그러면서도 김인창은 여전히 타석의 정 위치에서 조금 뒤쪽으로 섰다.

초구는 어쩌다 바깥쪽 코스였지만 몸 쪽 승부를 즐기는 제이슨의 성격상 2구는 몸 쪽으로 들어올 것이라 확신하는 투였다.

그러나 최일석은 2구째도 바깥쪽을 요구했다. 구종은 슬라이더. 제이슨의 승부구였다.

'벌써 슬라이더를 던지라고?'

이번에도 마땅찮았지만 제이슨은 시키는 대로 바깥쪽에 슬라이더를 던졌다.

휘이잇!

한가운데로 들어올 것 같은 공이 빠르게 바깥쪽으로 휘어져 나갔다.

그와 동시에 김인창의 방망이가 허공을 스치고 사라졌다.

"젠장할!"

김인창이 입술을 깨물었다.

좌타자이지만 제이슨의 공은 그래도 제법 자신 있었는데

생각지도 않은 바깥쪽 코스를 연달아 공략당하고 나니 머릿속이 복잡해졌다.

그런 김인창의 표정을 힐끔 살핀 뒤 최일석은 드디어 몸 쪽으로 미트를 들어 올렸다.

구종은 패스트볼.

제이슨이 가장 자신 있어 하면서 한편으로 가장 자주 얻어맞는 구종이었다.

사인을 확인하기가 무섭게 제이슨이 있는 힘껏 공을 던졌다.

퍼엉!

김인창이 허리를 쓰기도 전에 공이 미트 속에 파묻혔다.

연달아 대각선으로 날아들던 바깥쪽 공만 보다가 직선으로 날아든 몸 쪽 공을 보니 타이밍을 놓치고 만 것이다.

"스트라이크, 아웃!"

구심 조인상의 입에서도 기분 좋은 스트라이크 콜이 나왔다.

전직 국가 대표 포수로서 좋은 투수의 좋은 피칭을 볼 수 있다는 건 여전히 신이 나는 일이었다.

"이제 됐네."

이온 음료를 홀짝거리던 한정훈도 묵묵히 고개를 끄덕거렸다.

메이저리그 슈퍼 악동이라는 이름값을 언젠가는 해낼 거라 기대했는데 이제야 그 진가가 조금씩 드러나는 것 같았다.

하지만 정작 당사자인 제이슨은 생각만큼 신이 나지 않았다.

자신의 공을 제법 잘 건드리던 김인창을 스탠딩 삼진으로 돌려세운 건 좋았지만 100퍼센트 자신의 힘으로 잡아낸 게 아니라는 생각이 든 것이다.

'일단 오늘 게임은 저 녀석에게 맡겨 보자.'

찝찝한 마음을 억누르며 제이슨은 계속해서 최일석의 리드대로 던졌다.

그리고 순식간에 두 타자를 삼진으로 돌려세웠다.

투구 수는 6개.

버리는 공 하나 없는 깔끔한 피칭이었다.

"잘 던졌다."

더그아웃으로 들어오는 제이슨을 향해 마크 레이토스가 처음으로 칭찬의 말을 건넸다.

"이게…… 잘 던진 건가요?"

제이슨은 혼란스러웠다.

레이토스의 말이 꼭 포수의 리드대로 던지는 게 좋은 투수라는 소리처럼 느껴진 것이다.

그러나 레이토스는 대답 대신 빙긋 웃기만 했다.

이제 겨우 시작일 뿐이었다. 자신만의 야구에서 벗어나 조금씩 마음의 문을 연다면 생각 이상으로 얻어가는 게 많을 것 같았다.

'이제 내 차례로군.'

레이토스가 천천히 몸을 일으켰다.

1차 전지훈련도 이제 막바지다. 곧 있으면 한국 및 일본 프로 구단들과 친선 경기가 진행된다고 했다.

이미 로이스터 감독에게는 첫 번째 친선 경기 전까지 컨디션을 끌어올리겠다고 약속했다. 그리고 현재 몸 상태는 더없이 좋았다.

조금만 더 몸을 만든다면 구단이 기대하는 15승은 충분히 해낼 수 있을 것 같았다.

2

일주일 후.

본격적인 2차 전지훈련이 시작됐다.

마크 레이토스는 약속대로 일본의 강호 요미다와의 첫 번째 친선 경기에 마운드에 올랐다.

그리고 5이닝을 4안타 1실점으로 막으며 산뜻한 출발을 알렸다.

이후로 3경기에 추가 등판한 레이토스는 총 4경기 동안 1승에 평균 자책점 1.50을 기록했다.

투구 이닝은 총 25이닝.

특히나 마지막 두 경기에서는 7이닝을 소화해 내며 체력적으로 문제가 없음을 입증했다.

2선발로 활약한 테너 제이슨도 4경기에 선발 등판해 1승 1패, 평균 자책점 2.25의 준수한 성적을 거두었다.

컨디션 난조로 5실점을 한 하드 뱅크전을 제외한다면 나무랄 게 없는 성적이었다.

무엇보다 어떤 경기든 7이닝을 소화해 냈다는 점이 고무적이었다.

반면 4선발이 확정된 조시 스펜서는 기대만큼의 성적을 내지 못했다.

3경기 3패 평균 자책점 5.50.

90만 달러라는 몸값이 무색해질 지경이었다.

그러나 정작 조시 스펜서는 크게 신경 쓰지 않는 눈치였다.

"난 원래 날이 풀려야 잘 던진다고요. 두고 보세요. 내가 어떻게 달라지는지."

큰 기대를 하지 않았던 5선발 배용수와 6선발 강현승도 나쁘지 않은 성적을 냈다.

배용수는 3경기 등판해 승패 없이 평균 자책점 3.00을 기록했다.

1승을 챙긴 강현승은 첫 경기에 고전했지만 남은 두 경기에서 안정적인 모습을 보여주며 치솟았던 평균 자책점을

4.50까지 낮췄다.

최대 약점으로 지적됐던 불펜에서는 정희운만이 제 역할을 다해냈다.

8경기에 등판해 평균 자책점 1.80, 필승조의 첫 번째 자리를 꿰찼다.

나머지 불펜 투수들은 하나같이 확신을 주지 못했다.

소속된 모든 투수가 투입됐지만 정희운의 뒤를 받쳐 줄 만한 선수는 보이지 않았다.

그나마 다행인 건 이승민이 마무리투수로서 제 역할을 다해냈다는 점이다.

11경기 등판해 단 1실점, 평균 자책점 0.81을 기록했다.

불펜에서 워낙 많은 경기를 날려먹어서 세이브는 5개밖에 올리지 못했지만 투입된 모든 경기에서 최고의 피칭을 선보였다.

벌써부터 언론에서는 라이온즈의 돌부처로 불리던 오성환의 계보를 잇게 될 것이라는 호평이 쏟아질 정도였다.

타자들도 기대 이상의 성적을 내 주었다. 특히나 좌타 용병 듀오의 활약이 좋았다.

루데스 마르티네즈는 전 경기 출전하며 10할이 넘는 OPS를 기록했다.

홈런은 7개. 스스로 100퍼센트의 컨디션이 아니라고 말했음에도 몸값에 걸맞은 활약을 보여주었다.

마르티네즈에 자극을 받은 토니 윌커슨도 무시무시한 장타력을 선보였다.

홈런 11개.

2할대 초반의 타율로 고전하면서도 방망이에 걸린 타구를 전부 담장 밖으로 걷어냈다.

오죽했으면 메이저리그 차세대 거포로 불리는 마르티네즈조차 혀를 내두를 정도였다.

타격 능력을 인정받아 3번에 전진 배치된 황철민과 윌커슨의 뒤를 받친 박기완의 성적도 훌륭했다.

타율은 2할대 후반에 그쳤지만 각기 3개와 2개의 홈런을 때려내며 신인답지 않은 모습을 보여주었다.

26인외 특별 지명을 통해 들어온 선수들도 자신의 역할을 충분히 수행했다.

특히나 1번에 낙점된 이용욱과 5번으로 중용된 김주현의 활약이 좋았다.

둘 모두 이러다 올 시즌에 일 한 번 내는 게 아니냐는 호평을 받았다.

"스톰즈가 만만치 않은데?"

"그러게 말이야. 일본과의 친선 경기에서 망신이나 당하지 않으면 다행이다 싶었는데…… 국내 구단들 중에서는 제일 선전하는 편 아냐?"

"승패를 떠나서 쉽게 지질 않잖아. 지는 경기도 대부분 불 펜이 말아먹은 거고."

"확실히 용병을 잘 뽑았어. 용병들이 팀의 중심을 잡아주 니까 다른 선수들도 부담이 줄어든 거라고."

친선 경기를 관전한 각 구단 전략 분석원들도 스톰즈를 예 의 주시했다.

스톰즈와 직접 순위 싸움을 하지 않는 동부 리그 쪽 구단 들은 스톰즈를 3, 4위 싸움이 가능한 다크호스로 평가했다.

서부 구단 분석원들도 대놓고 스톰즈를 추켜세우진 않았 지만 적어도 꼴등은 하지 않을 것이라며 경계의 목소리를 높 였다.

"그런데 한정훈은 3선발인 건가?"

"그러게. 마크 레이토스하고 테너 제이슨 다음에만 나왔 으니까. 이대로 선발 순서가 고정된다면 3선발이 아닐까?"

"전지훈련에서 성과가 썩 좋지 않았나 본데?"

"에이, 그건 아니겠지. 친선 경기에서 잘 던졌잖아."

"맞아. 어쩌면 홈경기에 선발 등판시키려고 그럴지도 모 르지."

"아직 시범 경기도 안 끝났는데 벌써부터 홈경기 타령은. 그냥 실력으로 밀린 거야. 분명해."

"하기야 마크 레이토스는 대단하니까. 테너 제이슨도 랜디 제이슨 아들이라며?"

"그래도 좀 아쉽긴 하다. 용병들을 제치고 신인이 1선발 하면 보기에는 좋을 텐데 말이야."

스톰즈의 경기력만큼이나 화제가 된 건 한정훈의 선발 순서였다.

당초 언론에서는 한정훈이 개막전에 선발 등판할 거란 의견이 지배적이었다.

30억이라는 어마어마한 계약금을 받은 신인이라면 1선발 이외에는 의미가 없다는 것이었다.

하지만 정작 한정훈의 친선 경기 순서는 세 번째였다.

마크 레이토스가 첫 경기 선발로 일찌감치 낙점되면서 한정훈을 테너 제이슨 다음으로 내린 것이다.

한정훈은 등판 순서에 큰 불만이 없었다.

등판 순서보다는 새로 장착한 투심 패스트볼과 커터가 프로 선수들에게 통한다는 사실에 충분히 만족하고 있었다.

게다가 경기 결과도 선발투수 중에서는 가장 좋았다.

4경기에 나와 평균 자책점 1.00을 기록하고 2승을 챙겼다.

이닝은 길게 끌고 가지 않았지만 마운드에 서 있는 동안은 스톰즈의 에이스가 누구인지 확실히 보여주었다.

그러나 논란을 만드는 걸 좋아하는 언론들의 생각은 달

랐다.

[한정훈. 선발 경쟁에서 밀려. 3선발로 시작할 듯.]
[30억의 사나이 한정훈. 전지훈련에서 신인의 한계 드러내.]

시범 경기 시즌이 다가오자 언론들은 기다렸다는 듯이 한
정훈에 대한 악의적인 보도를 쏟아냈다.
야구팬들의 반응도 엇갈렸다.

ㄴ마크 레이토스잖아. 제아무리 한정훈이라 해도 밀리는
게 당연하지.
ㄴ레이토스한테는 그렇다고 쳐도 테너 제이슨한테 밀리는
건 뭔데? 걔도 경력만 놓고 보면 신인급 아냐?
ㄴ위에 붕신아! 테너 제이슨 아빠가 누군 줄 모르냐?
ㄴ알아, 이 붕신아! 근데 뭐? 아빠가 랜디 제이슨이라고
아들도 랜디 제이슨이냐?
ㄴ거 참. 닥치고 기다려 봐라. 올 시즌 한정훈이 신인상 타
는지 못 타는지. 그리고 용병빨로 야구 안 하는 구단도 있냐?
ㄴ그래도 30억이나 받아 처먹었으면 더 열심히 했어야지.
3선발에 만족하는 건 좀 치사한 거 아냐?
ㄴ30억 니가 줬냐?

ㄴ근데 한정훈은 기부 안 하냐? 30억 받았음 한 3억은 좋은 데 써야 하는 거 아냐?

ㄴ이 븅신은 뭐래? 너 인터넷 오늘 개설했냐?

시범 경기가 시작됐지만 야구 게시판은 온통 한정훈에 대한 이야기뿐이었다.

역대 신인 최고 계약금을 3배나 높인 슈퍼 루키이다 보니 기대와 관심이 높을 수밖에 없었다.

그렇게 팀 간 2차전으로 치러진 시범 경기 일정이 모두 끝나고 본격적인 정규 시즌의 막이 올랐다.

개막일은 3월 31일 토요일.

154경기의 장기 레이스 탓에 개막일이 3월까지 앞당겨졌다.

개막 사흘 전, 미디어 데이에 참석한 로이스터 감독은 한정훈을 홈 개막전에 선발 등판시키겠다는 뜻을 분명히 밝혔다.

사회자가 동석한 한정훈에게 불만이 없느냐고 물었지만 한정훈은 선발 순서는 감독의 재량이라며 아무 상관없다고 대답했다.

미디어 데이가 끝나고 각종 야구 포털에 한정훈의 선발 등판일에 대한 글들이 올라왔다.

한정훈 선발 등판 예정 경기.

4월 3일 화요일. 오후 6시.

장소 : 일산 스톰즈 파크..

상대팀 : 대전 이글스.

상대 선발 : 이스마일 로저스.

30장
신성

1

4월 초라 그런지 날씨는 쌀쌀했다. 전날 저녁에 내린 비 때문에 운동장 상태도 썩 좋지가 않았다.

자연스럽게 스톰즈 선수들도 축 처져 있었다.

특히나 개막 2연전을 전부 내준 탓에 사기가 바닥까지 떨어져 있었다.

이런 상황에서 선발 한정훈이 마운드에서 몸을 푸는 게 방송 카메라에 잡혔다.

－한정훈 선수, 오늘 어깨가 무겁겠죠?

-그렇죠. 첫 데뷔전인데 날씨도 좋지 않고 팀 사정도 따라주지 않으니 여러모로 부담스러운 경기가 될 것 같습니다.

　-두 팀이 서로 상반된 분위기에서 만났는데요.

　-네, 이글스는 전주 스타즈와의 홈 2연전을 전부 쓸어 담았는데요. 반면 스톰즈는 다 이긴 경기를 불펜진의 방화로 날려 버려서 지금 최하위로 처진 상황입니다.

　-이글스는 연승을 이어가길 바랄 테고 스톰즈는 어떻게든 연패를 끊어야 할 텐데요.

　-그래서 승부사 김성은 감독이 실질적인 에이스, 로저스 카드를 내놓은 거죠. 로저스 선수, 벌써 4년 차 용병 아닙니까?

　-작년에는 무려 17승을 거두었는데요.

　-이글스가 포스트 시즌에 진출하는 데 결정적인 공헌을 했죠. 그래서 다소 어깨 상태가 좋지 않은 상황에서도 재계약을 한 거고요.

　-그렇게 보면 이글스 구단은 의리가 참 좋아 보입니다.

　-뭐 이글스의 모구단 회장님이 한 의리 하시잖습니까? 하하. 그에 비해 한정훈 선수는 올 시즌에 데뷔한 슈퍼 루키입니다.

　-계약금으로 무려 30억을 받았죠?

　-세계 청소년 야구 선수권 대회에서 활약한 게 컸죠. 다만 아직 어린 선수이다 보니 얼마만큼의 경기력을 보여줄 수

있을지가 관건입니다.

  -일단 시범 경기에서는 준수한 성적을 보였는데요.

  -시범 경기는 말 그대로 시범 경기일 뿐이죠. 그걸로 속
단하기는 이르다는 생각입니다.

  국민의례가 끝난 뒤 시구자로 정한그룹의 최정한 회장이
마운드에 올랐다.

  팀이 연패에 빠진 상황이었지만 최정한 회장은 경기장을
찾은 5천여 명의 관중을 향해 웃으며 손을 흔들어 보였다.

  열성 야구팬이라는 소문처럼 최정한 회장이 던진 공은 포
수에게 한 번에 날아들었다.

  코스상 볼이었지만 예순을 바라보는 기업 총수가 던진 시
구치고는 수준급이었기 때문에 해설진들의 극찬이 이어졌다.

  "한정훈 선수, 오늘 경기 잘 부탁합니다."

  시구를 끝마친 최정한 회장이 한정훈에게 손을 내밀었다.

  마음 같아서는 꼭 이겨 달라고 부탁하고 싶었지만 막상 한
정훈의 얼굴을 보고 있자니 말이 떨어지지 않았다.

  하지만 굳이 부담 주지 않아도 한정훈은 오늘 경기를 내줄
생각이 전혀 없었다.

  "회장님, 안 바쁘시면 오늘 승리투수 인터뷰 보고 가세요."

  한정훈이 최정한 회장의 손을 잡으며 대답했다. 자연스럽

게 최정한 회장의 얼굴에 환한 미소가 번졌다.

꼭 이기겠다는 말만 해줘도 고마운데 승리투수 인터뷰라니.

절대 지지 않겠다는 의지가 벌써부터 느껴졌다.

"믿고 기다리겠습니다."

최정한 회장이 한정훈의 어깨를 툭툭 두드린 뒤에 손을 흔들며 경기장을 빠져나갔다.

그리고 잠시 후 이글스의 1번 타자 이영규가 타석에 들어섰다.

─이글스의 1번 타자, 이영규 선수 나왔습니다.

─악바리죠. 국가 대표 1번 타자이기도 하고요.

─어깨 부상은 완전히 회복됐다면서요?

─본인 말로는 올해처럼 몸 상태가 좋은 적이 없다고 합니다. 특히나 올해가 FA 마지막 해이지 않습니까? 새로운 FA 대박을 위해서라도 각오가 남다를 수밖에 없겠죠.

홈 플레이트 쪽에 바짝 붙어 선 이영규가 방망이를 짧게 잡아 쥐었다.

저 적극적인 자세 때문에 투수들도 함부로 이영규를 상대로 몸 쪽 승부를 가져가지 못했다.

하지만 박기완의 초구 사인은 몸 쪽이었다.

손가락은 하나. 대신 엄지손가락을 바깥으로 비틀었다.

'커터라.'

한정훈이 씩 웃었다.

친선 경기와 시범 경기를 통해 완성도를 높인 커터를 던져 이영규의 노림수를 깨보자는 것이다.

가볍게 고개를 끄덕인 뒤 한정훈이 있는 힘껏 키킹을 했다.

그리고 그대로 가속을 붙여 홈 플레이트 쪽으로 달려가듯 몸을 내던졌다.

후아앗!

한정훈의 손끝을 빠져나간 공이 순식간에 이영규의 몸 쪽을 파고들었다.

"어딜!"

이영규가 지지 않고 간결하게 방망이를 끌어냈다.

슈퍼 루키라 불리는 한정훈이라면 겁도 없이 몸 쪽으로 찔러 들어올 것이라 어느 정도 예상한 반응이었다.

따악!

방망이와 공이 한 점에서 만났다.

하지만 타구는 이영규의 발등 위를 때리고는 그대로 파울라인 밖으로 굴러갔다.

"크아악! 시팔!"

이영규가 고통을 호소하며 껑충껑충 뛰어댔다.

그러자 대전 이글스 더그아웃에서 의료팀이 후다닥 뛰쳐나왔다.

자연스럽게 중계진이 할 말이 많아졌다.

ㅡ타구가 발등에 정확하게 맞았네요. 저건 엄청 아프죠. 시청자 여러분들께서는 엄살이라고 생각하실지도 모르겠지만 저건 맞아 본 사람만 압니다.

ㅡ그래도 보호대가 있어서 다행입니다.

ㅡ보호대가 있어도 아프죠. 게다가 타구도 엄청 빨랐고요.

ㅡ그런데 왜 발등에 맞았을까요?

ㅡ타구가 완전히 먹혔어요. 이영규 선수의 스윙은 레벨 스윙인데 공은 손잡이 윗부분에 맞았으니 그대로 발등으로 떨어진 겁니다.

ㅡ그럼 타이밍이 늦었다는 이야기네요.

ㅡ글쎄요. 제가 보기에는 타이밍도 그렇게 나쁘진 않았는데…….

이영규가 응급처치를 하는 사이 리플레이 화면이 나왔다. 그러자 이용헌 해설위원이 호들갑을 떨어 댔다.

ㅡ오오! 저거 커터네요.

—커터라면 컷 패스트볼 말씀이신가요? 느린 그림으로 다시 보니까 막판에 엄청나게 꺾여 들어가는데요?

　—그렇죠. 우타자가 던진 커터는 좌타자의 몸 쪽으로 꺾여 들어갈 수밖에 없죠.

　—아! 그러니까 타이밍이 늦지 않았는데도 스위트 스폿을 빗나가 버린 거군요?

　—거기다 구속이 152㎞/h나 나왔어요. 와우! 우리나라에서 이런 커터를 보게 될 줄은 몰랐는데요.

　—참고로 모르시는 분들을 위해 말씀드리자면 한정훈 선수의 최고 구속은 160㎞/h 이상입니다. 평균 구속도 150㎞/h를 훌쩍 넘고요.

　—단순히 속구 구속만 놓고 보자면 국내 톱클래스죠. 다만 구질에 있어서 확신이 없었는데 저 정도의 커터를 구사한다면…… 올 시즌, 한정훈 선수 일낼 거 같습니다.

　선수들의 칭찬에 인색한 이용헌 해설위원이 단언하듯 말했다. 그러자 한정훈도 화답하듯 또다시 몸 쪽 커터를 던져 이영규를 꼼짝 못하게 만들었다.

　—아아, 이영규 선수. 통증이 심한가요? 2구는 치지도 못했네요.

-저건 안 친 게 아니라 못 친 거죠.

-예? 이영규 선수가요?

-2구째 또다시 커터가 들어올 줄은 몰랐던 겁니다. 한정훈 선수도 대단하지만 포수인 박기완 선수도 강심장이네요.

이용헌 해설위원의 말처럼 한정훈이 던진 커터는 초구보다 더 날카롭게 홈 플레이트를 스쳐 지났다.

배트 컨트롤만큼은 국내 톱클래스라는 이영규도 이 공을 안타로 만들어낼 자신은 없었다.

"후우……."

순식간에 투 스트라이크에 몰린 이영규가 왼발을 조금 더 뒤쪽으로 빼냈다.

오픈 스탠스를 통해 스트라이크존으로 들어오는 공에 대응하기 위해서였다.

'무조건 다 걷어낸다.'

이영규의 두 눈에 독기가 어렸다.

하지만 한정훈과 박기완은 이영규의 영규 놀이에 당해주고 싶은 생각이 전혀 없었다.

'바깥쪽 아슬아슬하게 걸리는 패스트볼.'

박기완이 까다로운 주문을 했다.

이영규의 방망이가 쉽게 나오지 못할 정도로 멀면서 스트라이크 판정은 받을 수 있는 공을.

제구력에 자신이 있는 투수라 하더라도 쉽게 던질 수 없는 공이었다.

하지만 한정훈은 가볍게 고개를 끄덕거렸다. 박기완이 구족으로 새끼손가락 하나를 펴 보였기 때문이다.

한정훈은 단단히 공을 쥐었다. 그리고 박기완의 미트를 향해 힘껏 공을 던졌다.

후아앗!

거의 한가운데로 공이 날아들자 이영규가 곧바로 시동을 걸었다.

하지만 그것도 잠시.

똑바로 날아들 것 같던 공이 바깥쪽으로 흘러나가기 시작하자 이를 악물고 돌아가려는 허리를 붙잡았다.

'아오……!'

가까스로 방망이를 멈춰낸 이영규가 뿌듯한 얼굴로 뒤를 돌아보았다.

그런데 당연히 볼일 것이라 여겼던 공은 바깥쪽에 꽉 차게 들어가 있었다.

"스트라이크, 아웃!"

구심이 기다렸다는 듯이 삼진을 선언했다. 그러자 이영규가 말도 안 된다며 펄쩍 뛰었다.

"그게 왜 스트라이크예요!"

"들어왔어."

"뭐가 들어와요? 바깥쪽으로 빠져나갔잖아요."

"거 참, 들어왔다니까?"

"미트질 한 거잖아요 미트질! 그걸 못 봐요?"

"못 보긴 뭘 못 봐? 넌 쟤가 뭔 공 던졌는지 알기나 하냐?"

"아 됐어요! 내가 말을 말아야지."

한참 동안 심판과 실랑이를 하던 이영규가 짜증스럽게 몸을 돌렸다. 그만큼 이영규의 눈에 한정훈의 3구는 멀어 보였다.

그러나 슬로우 비디오를 통해 본 공은 정확하게 스트라이크존을 파고들고 있었다.

–이건 이영규 선수가 완전히 속은 거죠. 한정훈 선수가 홈 플레이트 끝을 밟고 던졌잖아요. 직선이 아니라 대각선으로 공이 날아들 텐데 구종도 하필 투심이란 말이죠.

–그러니까 투심의 변화를 흘러나가는 공이라고 여겼다는 말씀이시죠?

–네, 아무래도 머릿속에 커터의 잔상이 너무 심하게 남아 있었나 봅니다.

–커터의 궤적을 생각하고 있는데 공은 정작 반대로 빠져나가니 그 정도가 훨씬 심하게 느껴졌다, 이런 말씀이로군

요. 그럼 이영규 선수 입장에서도 항의할 만하네요.

　─물론 그렇긴 한데 아마 나중에 중계 영상 보면 엄청 창피해할 것 같아요. 누가 봐도 스트라이크였으니까요.

　해설진이 이영규의 삼진에 대해 떠들어 대는 사이 2번 타자 장근우가 타석에 들어왔다.

　그러나 장근우는 해설진이 소개할 틈조차 주지 않고 더그아웃으로 돌아갔다.

　초구 체인지업을 잡아 당겼다가 3루 땅볼로 물러난 것이다.

　─이번 승부도 참 좋네요. 앞선 타석에서 이영규 선수를 상대로 빠른 공만 세 개 던졌잖습니까? 그래 놓고 장근우 선수가 빠른 공을 노리는 것 같자 체인지업 승부를 걸었네요.

　─장근우 선수 표정 보니 완전히 속았다는 거 같은데요.

　─속았죠. 느린 화면으로 보시면 아시겠지만 빠른 공을 던질 때나 체인지업을 던질 때 별 차이가 없습니다.

　─아주 미묘하게 체인지업을 구사할 때 릴리스 포인트가 높긴 한데요.

　─그건 솔직히 육안으로 구분하기가 어렵죠. 어지간한 동체 시력을 가졌다고 해도 힘들 겁니다.

테이블 세터가 힘 한번 써보지 못하고 물러났지만 이글스 응원단들은 목청껏 파이팅을 외쳤다.

타석으로 프랜차이즈 스타 김태윤이 들어섰기 때문이다.

　

-이글스가 올 시즌 강해졌다는 게 바로 김태윤 선수가 3번에 들어와서거든요.

-네, 용병 제한이 3명에서 4명으로 늘어나면서 출루율 좋은 김태윤 선수가 3번으로 올라갔죠.

-솔직히 바람직한 변화라고 봅니다. 해결사로 한 방 능력도 확실히 보유하고 있지만 말씀하신 것처럼 김태윤 선수의 스타일은 4번보다 3번에 더 적합하니까요.

-한정훈 선수, 정신 바짝 차려야 할 것 같습니다.

　

해설진의 이야기를 듣기라도 한 듯 김태윤이 느긋하게 방망이를 추켜세웠다. 그러자 스트라이크존이 갑자기 좁아지는 느낌이 들었다.

'초구로 뭘 던져야 하지?'

박기완은 쉽게 사인을 내지 못했다.

　

KBO 통산 타율 3할 2푼 2리(통산 3위, 현역 2위).

KBO 통산 출루율 4할 2푼 8리(통산 1위, 현역 1위).

KBO 통산 장타율 5할 3푼 1리(통산 6위, 현역 1위).

KBO 통산 OPS 9할 5푼 9리(통산 2위, 현역 1위).

대단하다 못해 압도적인 커리어를 쌓아가는 김태윤에게 약점 같은 게 느껴지지가 않았다.

박기완의 고심을 눈치챈 한정훈이 슬쩍 투수판에서 발을 풀었다.

그리고 능청스럽게 로진 백을 두드렸다.

그러자 김태윤도 씩 웃고는 타석에서 한 발 물러났다.

―두 선수, 신경전이 치열하네요.

―한정훈 선수도 김태윤 선수는 쉽지 않겠죠.

―솔직히 김태윤 선수를 상대로 쉬운 투수가 누가 있겠습니까.

―배터리가 고민이 많을 거예요. 첫 단추를 잘 꿰어야 하는데 둘 다 프로 데뷔 신인들이니까요.

대기 시간이 길어지자 구심이 나와 손짓을 했다.

한정훈은 능청스럽게 모자를 벗어 구심에게 고개를 숙였다.

김태윤도 구심과 가볍게 농을 주고받고는 타석으로 들어섰다.

그때까지 김태윤을 상대할 볼 배합에 대해 고민하던 박기완이 이내 미트를 들어 올렸다.

그런데 그 코스가 놀랍게도 한가운데였다.

만약 다른 투수였다면 당황함을 감추지 못했을 것이다.

하지만 한정훈은 아무렇지도 않은 얼굴로 고개를 끄덕거렸다.

그리고 박기완의 미트를 향해 정확하게 너클 커브를 집어넣었다.

"스트라이크!"

너울거리며 뚝 떨어지는 너클 커브를 지켜보며 김태윤이 고개를 살짝 흔들어 댔다.

배짱 좋은 투수라고 생각은 했지만 초구부터 이런 장난질이라니.

그래 봐야 신인이겠지 하는 마음이 싹 사라져 버렸다.

끼익.

김태윤의 방망이 움켜쥐는 소리가 음산하게 울렸다.

그런 김태윤을 힐끔 쳐다보던 박기완이 몸 쪽으로 무게 중심을 움직였다.

몸 쪽 높은 패스트볼.

조금이라도 가운데로 몰렸다간 담장 밖으로 사라질 가능성이 높은 코스였다.

"후우……."

한정훈은 길게 숨을 내쉬었다. 그리고 김태윤과 눈을 마주쳤다.

김태윤은 여전히 여유가 넘쳤다.

방심하다 스트라이크를 하나 내줬지만 크게 신경 쓰지 않았다.

4할 2푼 8리의 통산 출루율 이상으로 그는 볼카운트 승부에 강했다.

투 스트라이크를 먹고도 볼넷으로 걸어 나갈 수 있는 몇 안 되는 노련한 타자들 중 하나였다.

하지만 한정훈도 별로 긴장하는 기색이 아니었다.

아이러니하게도 한정훈은 김태윤 같은 스타일의 타자들에게 강했다.

실제 김태윤과도 수십 차례 맞붙어 1할대 중반의 피안타율을 기록할 정도였다.

그러나 애석하게도 김태윤은 그 사실을 전혀 알지 못했다. 그래서 간과하고 말았다.

한정훈이 2구째 몸 쪽으로 바짝 붙는, 자신이 가장 좋아하는 공을 던져 줄지도 모른다는 사실을 말이다.

퍼엉!

김태윤의 얼굴이 굳어졌을 때는 이미 공이 박기완의 미트 속에 빨려 들어간 뒤였다.

"스트라이크!"

심판의 스트라이크 콜에 김태윤은 다급히 정신을 차렸다.

장차 대한민국을 이끌어 갈 대형 유망주라 살살 하려 했는데 여차하면 자신이 당하고 말 것 같았다.

"후우……."

길게 숨을 내쉬며 김태윤이 방망이를 바짝 잡아당겼다. 부릅떠진 그의 두 눈은 한정훈의 손끝을 향해 있었다.

'바깥쪽. 바보가 아니고서야 바깥쪽을 던지겠지.'

김태윤은 한정훈이 또다시 몸 쪽으로 덤벼들지 못할 것이라고 확신했다.

볼카운트상 하나 정도는 바깥쪽 유인구를 던지는 게 맞았다.

최소 두 개. 많으면 세 개까지.

자신의 눈을 현혹시키는 바깥쪽 승부에서 버텨내면 다시 기회는 찾아오게 되어 있었다.

이런 끈기야 말로 지금의 김태윤을 있게 만든 원동력이었다.

한정훈도 김태윤의 끈덕진 타격 스타일을 잘 알고 있었다. 그래서 승부를 길게 끌고 가고 싶지 않았다.

그것은 박기완도 마찬가지였다.

'여기서 마무리 짓자.'

박기완이 바깥쪽으로 미트를 움직였다. 그리고 조심스럽

게 엄지손가락을 비틀었다.

커터.

사인을 확인한 한정훈이 곧바로 투구 동작에 들어갔다. 그러자 김태윤도 반사적으로 허리를 휘감았다.

후아앗!

빠르게 날아든 공이 홈 플레이트 바깥쪽으로 날아들었다.

'그러면 그렇지.'

바깥쪽 코스 대처에는 이골이 난 김태윤이 반사적으로 팔을 뻗었다.

하지만 방망이 끝에 걸려야 할 공은 더 바깥쪽으로 도망치듯 빠져나가 버렸다.

'젠장할!'

뒤늦게 한정훈에게 속았다고 생각한 김태윤이 앞으로 뻗어 나가려는 방망이를 힘겹게 잡아당겼다.

하지만 방망이의 헤더는 이미 홈 플레이트 밖으로 넘어간 뒤였다.

"스트라이크, 아웃!"

1루심에 확인할 필요도 없다는 듯 구심이 그 자리에서 아웃을 선언했다.

"와아아아아!"

"역시 한정훈!"

김태윤과의 승부를 숨죽여 지켜보던 관중석에서 함성이 터져 나왔다.

다른 타자도 아니고 국내 프로야구를 대표하는 최고의 타자를 삼진으로 돌려세웠다는 사실에 팬들은 뿌듯함을 감추지 못했다.

"잘했어!"

"나이스 피칭!"

스톰즈 더그아웃의 분위기도 덩달아 밝아졌다.

첫 홈경기라 다들 적잖게 긴장했는데 한정훈의 호투 덕분에 마음에 여유가 생긴 모양이었다.

"이글스 타선은 저하고 정훈이가 끝까지 책임지고 막겠습니다. 그러니까 선배님들, 부담 갖지 마세요."

한정훈을 대신해 박기완이 선배들의 기를 북돋워 주었다.

야수이기 이전에 포수로서 투수와 야수 사이의 소통로가 되는 것.

그것이 팀의 주전 포수가 할 일이었다.

이제 갓 프로에 데뷔한 초짜 신인이지만 박기완이 건넨 메시지는 명확했다.

오늘 경기를 최소 실점으로 책임지겠다. 그러니 일단 한두 점만 확실하게 따 내 달라.

연이은 역전패로 인해 피로한 건 불펜 투수들만이 아니었다.

경기당 5점이라는, 적잖은 점수를 내고도 져 버리면 타자들의 부담도 커질 수밖에 없었다.

하지만 한정훈이 완투를 노리겠다면 이야기는 달라진다.

아니, 한정훈이 최소 8회까지만 던져도 곧바로 이승민으로 넘어갈 수 있으니 역전에 대한 불안함도 줄어들 터였다.

"자, 자! 다들 알다시피 로저스는 빠르게 승부하는 스타일이니까 공 끝까지 보자! 유인구에 말려들지 말고!"

조인상 코치가 선수들을 독려했다.

그는 작년까지만 해도 이글스에서 포수로 활동했던 만큼 누구보다 로저스에 대해 잘 알고 있었다.

하지만 무브먼트가 좋은 로저스의 공에 속지 않는다는 건 쉬운 일이 아니었다.

선두 타자로 나선 이용욱은 3구만에 2루수 앞 땅볼로 아웃되었다.

로저스의 투심을 마음먹고 잡아당겼지만 타구가 먹히고 만 것이다.

2번 타자 에릭 나는 특유의 선구력을 바탕으로 승부를 6구까지 끌고 가는 데 성공했다.

하지만 마지막에 한가운데로 들어오는 패스트볼을 쳐 내지 못하며 경험 부족의 한계를 드러냈다.

3번 타자 황철민은 2구를 걷어 올려 큼지막한 타구를 만들어냈다.

하지만 힘이 제대로 실리지 못한 공은 워닝 트랙까지 가보지도 못하고 우익수의 글러브 속에 빨려 들어갔다.

－1회는 양 팀 투수 모두 삼자범퇴로 이닝을 마쳤습니다.

－아직 스톰즈는 타선이 완성되지 않았으니까요. 그런 점에서 한정훈 선수에게 보다 높은 점수를 주고 싶습니다.

－그런데 2회부터는 양 팀 모두 힘 있는 타자들이 나오는데요.

－그런 점에서 승부는 지금부터라고 말씀드릴 수도 있겠네요.

중계진의 설명이 끝날 때쯤 타석에 거구의 용병 타자가 들어섰다.

조시 브리튼.

용병 한도가 4명(보유 4명/출전 3명)으로 늘어나면서 이글스가 150만 달러라는 거금을 주고 데려온 선수였다.

－조시 브리튼 선수에 대해서 소개를 좀 해주시죠.

－조시 브리튼 선수는 작년까지 일본 요미다에서 뛰던 선

수인데요. 메이저리그 복귀를 선언하고 구단과 마찰이 생긴 걸 이글스 구단이 나서서 냉큼 가로챈 것으로 알고 있습니다.

　-작년 일본에서도 25개의 홈런을 기록했는데요.

　-확실히 한 방 능력이 있는 선수입니다. 그것도 정교한 제구력을 바탕으로 한 일본에서 거둔 성적인 만큼 올 시즌에는 30홈런 이상이 예상됩니다.

　조시 브리튼이 타석에 바짝 붙어 들어서자 홈 플레이트가 비좁아지는 느낌이 들었다.

　앞선 타석의 김태윤도 거구였지만 조시 브리튼은 그보다 더 컸다.

　게다가 온몸이 근육질이었다. 작심하고 때리면 타구가 담장이 아니라 야구장을 훌쩍 넘겨 버릴 것만 같았다.

　그러나 한정훈은 조시 브리튼의 체구는 신경 쓰지 않았다.

　덩치가 크든 작든 손에 쥔 방망이의 사이즈는 별반 차이가 없었다.

　오히려 덩치가 너무 커서 꽉 찬 몸 쪽 공에 기민하게 대처할 수 있을지 의문이었다.

　'초구는 투심으로.'

　박기완이 신중하게 사인을 냈다.

　코스는 몸 쪽.

덩치가 큰 만큼 상대적으로 팔도 길기 때문에 무작정 바깥쪽 승부로 가는 건 의미가 없다고 판단한 것이다.

한정훈은 가볍게 고개를 끄덕거렸다. 그리고 홈 플레이트 가장자리를 노려 있는 힘껏 공을 던졌다.

후아앗!

한정훈의 손끝을 빠져나간 공이 순간 조시 브리튼의 몸 쪽으로 날아들었다.

"이런 미친!"

조시 브리튼이 욕지거리를 내뱉으며 뒤로 물러났다.

하지만 정작 공은 다시 궤적을 틀어 박기완의 미트 속으로 빨려 들어갔다.

아쉽게도 판정은 볼. 그러나 효과는 있었다.

한국 투수의 공은 맞아도 아프지 않다고 까불던 조시 브리튼이 한 발 뒤로 물러난 것이다.

자연스럽게 바깥쪽에도 여유가 생겼다. 박기완은 그 틈을 놓치지 않았다.

파앙!

파앙!

연달아 바깥쪽으로 들어온 패스트볼에 조시 브리튼은 방망이를 내밀지 못했다.

워낙에 코스가 아슬아슬해서 건드려 봐야 파울일 게 뻔해 보였다.

그사이 원 볼이던 볼카운트가 투 스트라이크 원 볼로 바뀌었다.

"빌어먹을 애송이 녀석!"

조시 브리튼이 입술을 질근 깨물었다.

겁도 없이 3구 연속 패스트볼을 던지다니.

또다시 패스트볼이 들어오면 그때는 담장 밖으로 넘겨 버릴 생각이었다.

그런 조시 브리튼을 향해 한정훈이 승부구를 날렸다.

코스는 몸 쪽.

"어딜!"

패스트볼이 눈에 익은 조시 브리튼이 있는 힘껏 허리를 돌렸다.

만약 패스트볼이었다면 스위트 스폿에 확실히 걸릴 타이밍이었다.

하지만 한정훈이 던진 공은 점점 느려지더니 조시 브리튼의 몸 쪽으로 흘러나갔다.

변종 체인지업.

"크아아악!"

한국 무대에서 첫 헛스윙 삼진을 당한 조시 브리튼이 악을 내질렀다.

반대로 중계석에서는 탄성이 터져 나왔다.

―헛스윙, 삼진! 한정훈 선수, 조시 브리튼 선수를 4구째 삼진으로 돌려 세웁니다!

―정말 대단하네요. 어떻게 저런 선수가 신인인 거죠?

―하하, 오늘 이용헌 해설위원이 한정훈 선수에게 단단히 빠지신 모양입니다.

―권성우 캐스터도 보고 있잖아요. 저런 선수에게 어떻게 칭찬을 하지 않을 수 있겠습니까!

이용헌의 극찬에 힘이라도 받은 듯 한정훈은 5번 타자 윌린 로마리오를 2구만에 유격수 땅볼로 처리했다.

타구가 먹혔지만 갑자기 불규칙 바운드가 일어나면서 유격수 박용근이 거의 가슴으로 받다시피 하며 타구를 처리해 냈다.

"괜찮아. 신경 쓰지 마."

통증이 상당해 보였지만 박용근은 애써 웃어 보였다.

그러나 한정훈은 직감했다. 박용근이 공을 얻어맞은 부위가 예사롭지 않다는 것을 말이다.

'최대한 빨리 이닝을 끝내자.'

6번 타자 최진영을 상대로 한정훈은 초구에 변종 체인지업을 던져 3루수 땅볼을 유도했다.

철저하게 잡아당기는 스타일인 최진영의 타격 스타일을 적극적으로 활용한 것이다.

타구가 3유간으로 흘렀지만 박용근의 상태를 걱정한 김주현이 발 빠르게 움직여 마지막 아웃 카운트를 만들어냈다.

하지만 김주현의 이타적인 플레이도 박용근의 부상을 막지는 못했다.

"아무래도 당분간 출전은 무리일 듯합니다."

스톰즈 의료팀장이 로이스터 감독에게 말했다. 자연스럽게 로이스터 감독의 표정이 굳어졌다.

현재 스톰즈에서 유격수를 볼 수 있는 자원은 한정되어 있었다.

전문 유격수 출신이라고는 신인 문동우밖에 없었다.

심지어 선발 출전한 박용근도 유격수 포지션에 익숙하지가 않았다.

"일단 동우를 출전시키고, 용근이는 빨리 병원으로 데려가도록 하세요."

"알겠습니다."

박용근은 곧장 구급차를 타고 스톰즈 지정 병원으로 향했다.

그를 대신해 신인 문동우가 출전 기회를 잡았다.

"동우야, 걱정하지 말고 침착하게. 알지?"

"평소 하던 대로만 해."

선배들이 돌아가며 문동우를 격려했다. 하지만 부상당한 선배의 자리를 차지했다는 부담감 때문일까.

-송정호 선수, 쳤습니다. 유격수 앞 평범한 땅볼……. 아!

-이게 뭔가요? 문동우 선수, 저런 평범한 타구를 펌블하다니요.

-아무래도 홈경기 개막전이다 보니 부담이 컸던 모양입니다.

-그래도 그렇죠. 수비 자세가 저렇게 엉성해서야 어떻게 내야 수비의 핵인 유격수를 감당하겠습니까?

-어쨌든 문동우 선수의 실책으로 삼자범퇴가 되어야 할 이닝이 계속 이어지고 있습니다.

"하아, 미치겠네."

순식간에 알을 까버린 문동우는 울상이 되어버렸다.

불규칙 바운드라도 일어났다면 핑계라도 댔겠지만 이건 누가 봐도 평범한 땅볼이었다.

이걸 놓치다니.

자신이 생각해도 이해가 가지 않을 정도였다.

"형! 형! 괜찮아요. 괜찮아!"

한정훈이 씩 웃으며 문동우를 독려했다.

유격수라고는 문동우밖에 남지 않은 상황에서 그마저 무너지면 답이 없었다.

그러나 문동우의 실책은 끊이질 않았다.

5회까지 펌블만 2개.

더블플레이를 놓친 것까지 감안하면 총 3개의 실책을 저질렀다.

이때까지만 해도 문동우의 실책은 크게 부각이 되지 않았다.

하지만 6회, 문동우가 또다시 최악의 상황을 연출하면서 스톰즈 파크가 발칵 뒤집혔다.

6회 초 공격의 포문을 연 건 선두 타자 이영규.

두 타석 연속 삼진에 자존심이 상한 듯 이영규는 한정훈의 바깥쪽 체인지업을 밀어내 기어코 유격수 키를 넘기는 안타를 만들어냈다.

처음으로 무사에 주자가 나가자 김성은 감독이 곧바로 번트를 지시했다.

작전 수행 능력이 좋은 2번 장근우는 김성은 감독의 주문을 100퍼센트 이행했다.

초구에 번트를 대 이영규를 안전하게 2루에 보내 놓았다.

1사 2루 상황에서 3번 타자 김태윤이 타석에 들어왔다.

그러나 한정훈은 크게 긴장하지 않았다.

침착하게 승부를 이어간 끝에 볼카운트 2-2에서 김태윤의 몸 쪽을 공략해 먹힌 땅볼을 이끌어 냈다.

그런데 그 공을 문동우가 또다시 펌블하면서 사단이 났다.

2루 주자 이영규의 스킵 동작과 겹치긴 했지만 정신만 바짝 차렸다면 충분히 처리할 수 있는 타구를 말이다.

2사 3루가 되어야 할 상황이 1사 1, 3루로 이어졌다.

그러자 참다못한 팬들의 입에서 불만의 목소리가 터져 나왔다.

"와아……. 저 유격수 뭐냐?"

"글러브에 구멍이라도 난 거야? 뭔 타구만 갔다 하면 놓쳐?"

"진짜 한정훈한테 미안해지네."

"회장님은 뭐 하는 거야, 에이스가 저렇게 개고생하는데 유격수 하나 안 사주고?"

홈 개막전이고 신인이라는 걸 감안하더라도 문동우의 플레이는 너무 형편없었다.

명색이 프로 선수라면 최소한 팀에 짐은 되지 말아야 하는데 오히려 한정훈의 발목을 잡고 늘어지고 있었다.

스카이박스에서 경기를 지켜보던 최정한 회장도 답답함을 토로했다.

"저 선수, 이름이 뭡니까?"

"문동우 선수라고…… 2라운드 마지막으로 지명된 선수입니다."

"원래 저렇게 수비를 못합니까?"

"그 정도는 아닌데…… 아마 박용근 선수의 부상에 겁을 내는 것 같습니다."

"하아……."

최정한 회장이 고개를 절레절레 흔들어 댔다.

눈에 보이는 실력도 문제지만 비서가 즉흥적으로 꺼낸 변명처럼 타구에 겁을 먹은 거라면 더 큰 문제였다.

"박용근 선수 상태는 어떻답니까?"

"정밀 검사를 해봐야 한다고 합니다."

"심각한 상황입니까?"

"그게…… 아마도 그런 것 같습니다."

비서가 자신의 잘못인 양 고개를 숙였다. 그러나 최정한 회장이 원하는 건 그런 게 아니었다.

"일단 박 단장에게 전화 넣으세요."

"박 단장에게요?"

"트레이드든 뭐든 간에 부실한 포지션 빨리 정리하라고 하세요. 돈이 필요하면 얼마든지 지원하겠다고 하고요."

"아, 알겠습니다."

최정한 회장은 뒷일을 박현수 단장에게 맡겼다.

자신이 이만큼 말했으니 박현수 단장이 알아서 잘 처리할 것이라고 믿었다.

"그래도 한정훈 선수는 참 대단하네. 대단해."

힘든 상황에서도 마운드를 꿋꿋이 지키는 한정훈을 바라보며 최정한 회장이 흐뭇한 미소를 지어 보였다.

잠깐 비서와 대화를 나눈 사이 아웃 카운트가 하나 더 늘어나 있었다.

최정한 회장이 스카이박스석에 달린 TV를 바라봤다.

그러자 한발 늦게 중계진의 감탄사가 터져 나왔다.

−헛스윙, 삼진! 조시 브리튼 선수. 오늘 한정훈 선수에게 꼼짝을 하지 못합니다.

−하하, 이젠 칭찬하기도 지겹습니다. 역시 한정훈 선수입니다. 자력으로 위기를 벗어나고 있습니다.

−이렇게 되면 문동우 선수도 부담감이 좀 줄어들겠죠?

−네, 하지만 아마 쉽게 털어내지는 못할 것 같습니다.

−하기야 오늘 실책만 3개죠.

−보이지 않는 실책까지 하면 몇 개인지 모르겠네요.

느린 화면으로 삼진 장면을 확인한 최정한 회장이 주먹을 움켜쥐었다.

그 순간.

"와아아아아!"

관중석에서 우레와 같은 함성이 터져 나왔다.

냉큼 경기장을 바라보니 볼카운트가 확 바뀌어 있었다.

투 스트라이크 노 볼.

스트라이크 하나만 더 들어가면 삼진이었다.

"후우……."

최정한 회장이 길게 숨을 골랐다.

두근, 두근.

다 늙은 심장이 주책을 떨고 있었다.

그러는 사이 한정훈이 공을 던졌다. 순식간에 선이 되어 사라진 공은 포수 앞에서 사라져 버렸다.

뒤이어 5번 타자 윌린 로마리오가 신경질적으로 방망이를 내던졌다.

삼진!

"좋았어!"

최정한 회장이 주먹을 움켜쥐며 좋아했다.

그리고 그 모습이 중계진 카메라에 고스란히 잡혔다.

−최정한 회장이시죠? 엄청 좋아하시네요.

−그럼요. 제가 봐도 이렇게 흐뭇한데 구단주는 오죽하겠어요?

중계진이 이해한다며 웃어댔다.

중계방송 원칙상 중립성을 지켜야 했지만 이용헌 해설위원에 이어 권성우 캐스터까지 한정훈의 투구에 푹 빠져든 뒤였다.

그건 이글스 선수들도 마찬가지였다.

"와……. 진짜 저 녀석 대단하다."

"현신이도 저 정도는 아니었는데. 저 녀석은 괴물인 게 틀림없어."

"괜히 30억을 받았겠어? 저 정도는 하니까 받는 거지."

"저 녀석 표정 봐라. 별로 좋아하지도 않아. 이 정도는 문제없다 이거지."

상대팀 투수인 걸 떠나 한정훈의 투구는 감탄이 절로 일었다.

특히나 수비 실책으로 1사 1, 3루가 된 상황에서 힘 있는 용병 둘을 연달아 삼진으로 잡아내는 모습은 닭살이 돋을 정도였다.

그럴수록 로저스의 표정은 어두워졌다.

한계 투구 수가 임박한 상황에서 타자들이 점수를 내주지 못하고 있으니 부담감이 커질 수밖에 없었다.

'이번 이닝까지는 확실하게 막아야 해.'

7회 말 스톰즈의 공격은 7번 박기완부터 시작이었다.

7, 8, 9번 하위 타순인 만큼 이번 이닝을 깔끔하게 막아내면 8회에도 한 번 더 마운드에 올라갈 수 있을 것 같았다.

'8회까지 막으면 9회에 다시 상위 타선이니까.'

이글스의 8회 초 공격은 6번 최진영부터 시작이었다.

그러나 하위 타선이 한정훈에게 꽁꽁 틀어 막힌 만큼 8회 초에 득점을 기대하긴 어려워 보였다.

결국 남은 기회는 9회뿐이다. 9회가 되면 다시 상위 타선으로 연결된다.

타격 능력이 좋은 이영규나 장근우, 둘 중에 한 명이라도 살아 나간다면 최소한 김태윤까지는 타석에 들어올 수 있었다.

김태윤을 거르면 그다음은 용병 듀오다.

9회쯤 되면 한정훈도 지칠 터. 큰 게 한 방 터져 나와도 이상하지 않을 상황이었다.

'어떻게든 이겨야 해. 한국의 슈퍼 루키에게 져서 두고두고 망신을 살 수는 없으니까.'

로진 백을 두드리며 로저스가 전의를 불태웠다. 그사이 타석에 7번 타자 박기완이 들어왔다.

'대타를 쓰지 않는군.'

로저스는 피식 웃었다.

앞선 두 타석에서 내야 플라이와 삼진으로 물러난 타자를 다시 보게 되니 마음이 한결 가벼워졌다.

'칠 만한 걸 던져 줘야지.'

로저스가 체인지업 그립을 손에 쥐었다. 때마침 포수 장범모도 체인지업 사인을 냈다.

코스는 몸 쪽. 바깥쪽 승부로 끌고 가기 위한 사전 포석이었다.

가볍게 고개를 주억거린 뒤 로저스가 있는 힘껏 공을 던졌다.

그런데…….

따악!

마치 기다렸다는 듯이 박기완이 방망이를 내돌렸다.

쭉 뻗은 타구가 순식간에 로저스의 머리 뒤로 사라졌다.

로저스가 황급히 고개를 돌렸을 때는 좌익수가 펜스 쪽으로 내달리는 상황이었다.

"잡아! 잡으라고!"

로저스가 주먹을 움켜쥐었다.

하지만 타구는 펜스 앞에서 껑충 뛰어오른 좌익수 최진영의 글러브를 살짝 스치고 지나쳤다.

홈런.

"크아아아아!"

박기완이 악을 내지르며 내야를 돌았다.

"젠장할! 인사아아아앙!"

로저스가 빠득 이를 깨물었다. 자연스럽게 그의 시선이 스톰즈 더그아웃으로 향했다.

그러자 조인상이 냉큼 몸을 숨겼다.

3년간 한솥밥을 먹은 로저스에게는 조금 미안했지만 어쩔수 없는 노릇이다.

승부의 세계란 늘 그렇듯 냉정한 법이니까.

1 대 0.

팽팽하던 균형이 무너지자 김성은 감독이 마운드에 올랐다. 그리고 로저스의 손에서 강제로 공을 빼앗았다.

-역시 로저스 선수, 한계 투구 수라고 말씀드리기가 무섭게 홈런을 허용하네요.

-원래는 100구 이상도 곧잘 던지던 투수였는데요.

-지난 3년간 많이 던졌잖아요. 게다가 어깨 부상도 있었고요. 아무래도 예전만큼의 체력을 유지하긴 힘들겠죠.

-그래도 로저스 선수 잘 던졌습니다. 6이닝 동안 안타 4개에 사사구 2개만 허용했습니다.

-네, 이만하면 승리투수가 될 자격이 충분한데 운이 없었네요. 하필 상대가 한정훈 선수니까요.

-그 말 왠지 앞뒤가 바뀐 기분이 드는 건 제 착각일까요?

-하하. 그래도 익숙해지십시오. 아마 올해 자주 쓰게 될 표현 같으니까요.

로저스에 이어 마운드에 오른 권훈은 세 타자를 깔끔하게 처리했다.

8번 문동우는 삼진, 9번 고영운은 내야 땅볼로 물러났다.

타격감 좋은 이영욱이 1, 2루 간에 안타성 타구를 때렸지만 장근우의 기가 막힌 호수비에 걸려 아웃이 되고 말았다.

'고작 한 점 차이다. 큰 거 한 방이면 언제든 경기를 원점으로 만들 수 있어.'

들뜬 숨을 고르며 권훈은 팀의 역전 승리를 기대했다.

하지만 한정훈은 8회와 9회, 한 명의 타자도 출루시키지 않으며 자신의 데뷔전을 깔끔하게 마무리 지었다.

그렇게 프로 야구계에 신성이 떠올랐다.

팀 간 1차전.

대전 이글스 0 – 1 안양 스톰즈.

승리투수 : 한정훈(9이닝 무실점, 완투).

패전투수 : 이스마일 로저스(6이닝 1실점).

결승타 : 박기완(7회 1점 홈런, 이스마일 로저스).

to be continued